한 권으로
보는

꼴

한 권으로 보는 꼴

허영만 지음 | 신기원 감수

한 권으로 보는 꿈

초판 1쇄 발행 2011년 6월 3일 **초판 19쇄 발행** 2024년 8월 30일

지은이 허영만
감수 신기원
펴낸이 최순영

출판2 본부장 박태근
W&G 팀장 류혜정
기획 강영희 H2기획연대

펴낸곳 ㈜위즈덤하우스 **출판등록** 2000년 5월 23일 제13-1071호
주소 서울특별시 마포구 양화로 19 합정오피스빌딩 17층
전화 02) 2179-5600 **홈페이지** www.wisdomhouse.co.kr

ⓒ 허영만, 2011

ISBN 978-89-6086-449-8 17810

우리 모두 꼴의 고수가 되자

누구나 행복할 권리가 있다.

얼굴은 바꾸기 어렵다.

그냥 사시죠.

마음을 바꾸기도 어렵다.

꽃이 이쁘네.

돈 벌기도 어렵다.

벌어놓은 돈 지키기도 어렵다.

그 자는 탁한 수면 아래
숨어 있던 뾰족돌이다.

꼴을 보는 것은
수면 아래를
살피는 것이다.

먹지 않고 음식 맛을
알아내는 것이다.

그런 건
쉬워!

통장 겉을 보고
잔고를 파악할
정도라야 고수지!

고수를 무시하는 고수가 있다.

나 안 가!

빨랑 와!

위험이 있는 곳은 모두 피해 간다.

그러나 계속 그러다간 이 꼴 난다.
고수가 아니다.

한눈에 알아 보는
관상법

세 마당만 고루 잘 갖추었어도 50점은 한다!

윗마당(상정) 발제부터 인당까지. 1세부터 30세까지 초년의 운세를 보는 상정은 부모의 영향을 받는다. 이마는 머리카락이 이마를 덮어 너무 낮지 않고, 좌우가 대칭이며, 넓고 높아야 한다.

중간마당(중정) 인당부터 코끝까지. 몸이 천 냥이면 눈이 구백 냥이라 했다. 눈과 코가 있는 중정은 31세부터 50세까지의 운을 본다.

아랫마당(하정) 코끝부터 턱까지. 51세 이후, 말년의 운세를 본다. 턱이 짧거나 너무 길면 이것 역시 불균형이다.

얼굴은 크게 세 마당으로 나누어 초년, 중년, 말년의 운을 보지만 가장 중요한 것은 조화다. 세 마당이 고루 균등해야 한다. 치우침이나 부족함이 없어야 한다.

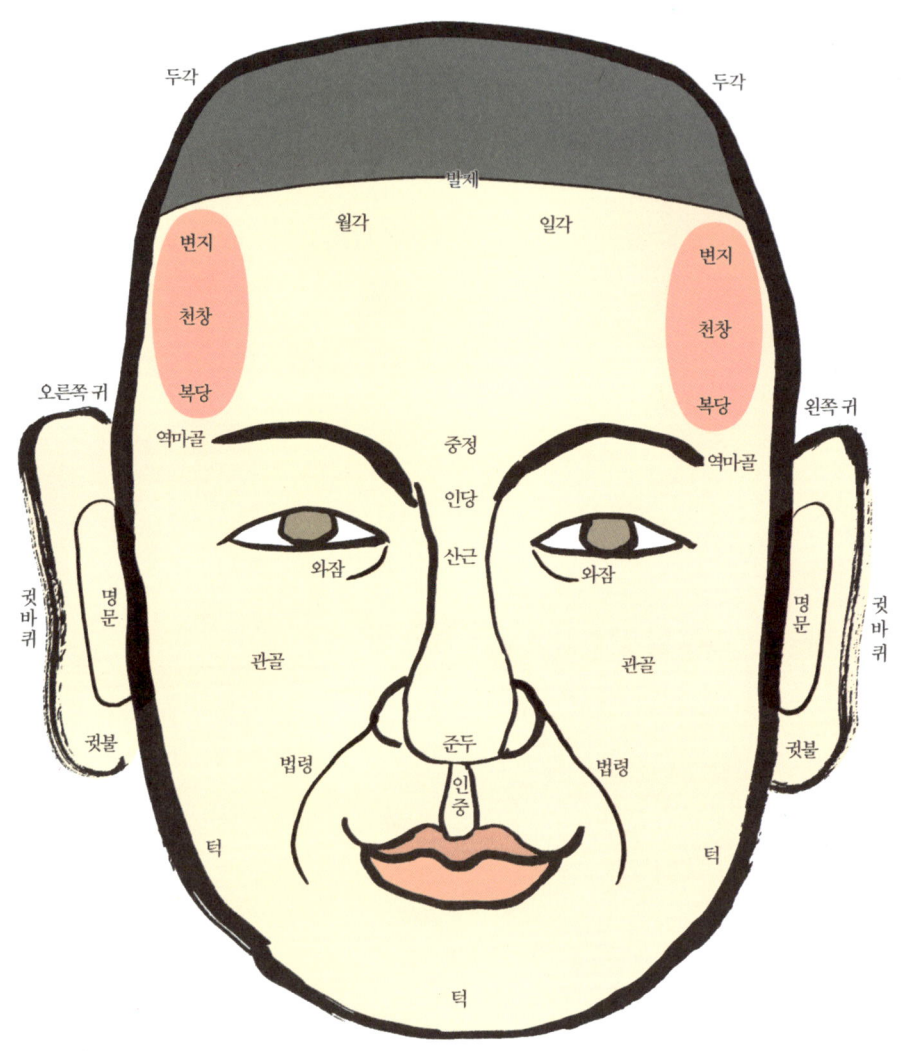

두각   두각

발제

월각   일각

변지   변지

천창   천창

복당   복당

오른쪽 귀   왼쪽 귀

역마골   중정   역마골

인당

산근

귓바퀴   명문   와잠   와잠   명문   귓바퀴

관골   관골

귓불   법령   준두   법령   귓불

인중

턱   턱

턱

| 부분별 명칭도 |

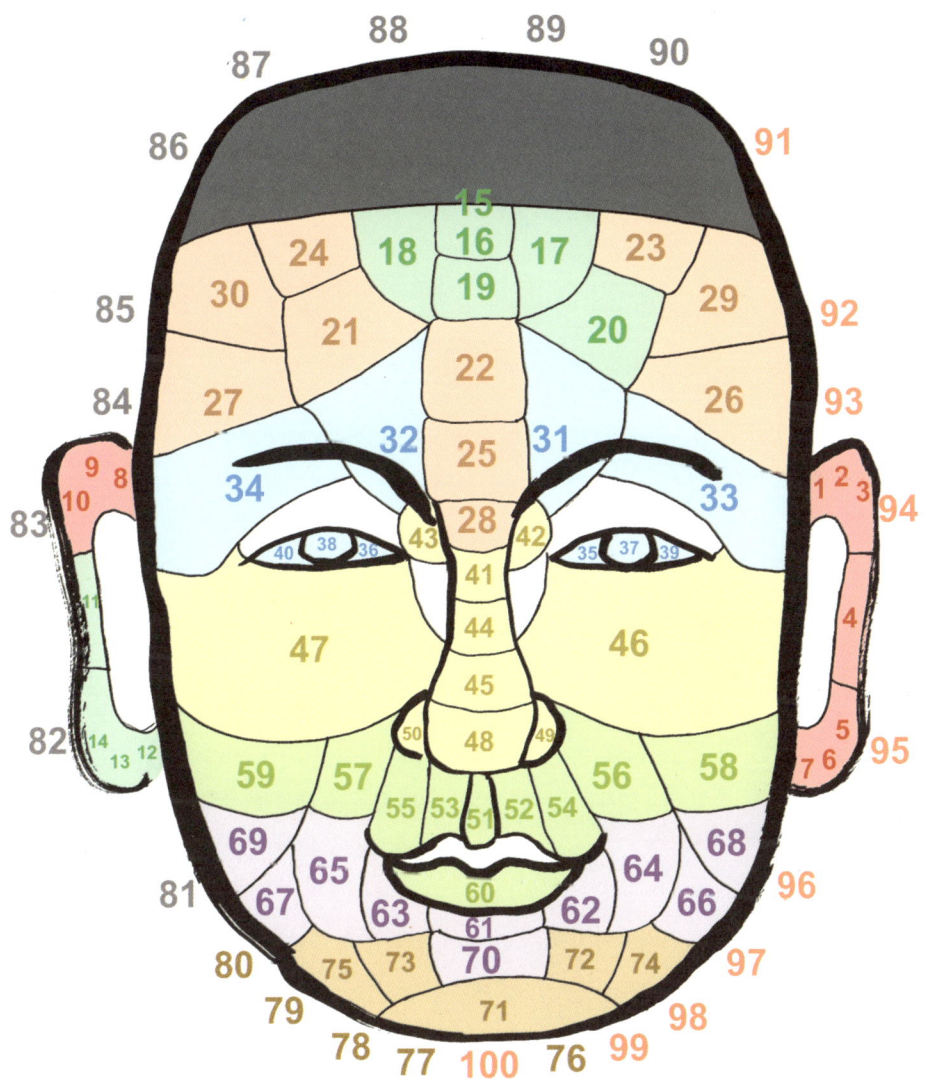

연령별 관상도

부분별 · 연령별 관상 포인트

1~14세   **귀.** 귀는 유년기의 부모궁을 본다. 총명학당으로 지혜와 학업성취도 등을 본다. 윤곽이 뚜렷할수록, 명문이 넓을수록, 귓바퀴가 풍요로울수록 좋다. 특히 귀 윗부분이 둥글게 클수록 공부를 잘한다. 귓바퀴가 풍요롭고 단단하면서 귓불이 도톰하게 살짝 늘어지면 덕이 있고 지혜롭다. 지나치게 두터워서 늘어지면 욕심이 과하다. 거기에 검은색이 돌면 욕심이 충천하여 도둑의 심보를 가졌다. 귀는 얼굴을 정면에서 보았을 때  보일 듯 말 듯 해야 귀하다. 위로는 눈썹까지, 아래로는 준두를 지날 만큼 수려하면 참으로 귀하여 지위가 높고 재복이 많고 수명도 길고, 하는 일마다 뜻을 이룬다. 참고로 귀를 볼 때는 남자를 기준으로 1~7세는 왼쪽 귀를, 8~14세는 오른쪽 귀를 본다. 여자는 그 반대다.

15세   **발제**髮際**.** 머리카락이 자라는 경계. 발제는 들쭉날쭉하지 않고 가지런해야 귀하다.

16세   **발제 바로 아래의 이마.** 측면에서 볼 때 이마가 수직으로 서야 귀한 이마다. 이런 이마는 공부를 잘한다. 귀한 이마는 부모궁이 좋으니 어려서 풍요롭고 부모의 성품이 고상한 집안에서 태어난다.

16

17~18세	**일각日角과 월각月角.** 양쪽 눈동자에서 수직으로 올라가는 곳에 일각과 월각이 있다. 일월각이 똑같이 솟고, 구슬이 박힌 듯 살짝 높고 둥글면 부모가 함께 오래오래 해로하고 아주 건재하다. 일월각이 잘생기면 대개 부모가 신분 높게 출세하며, 자신도 귀하게 된다.
25세	**중정中正.** 인당 바로 위를 말한다. 마치 돼지의 간을 엎어놓은 것처럼 도도록하게 풍성하면 큰 벼슬을 하거나 출세한다.
28세	**눈썹 사이(인당印堂).** 인당은 지혜의 근본이다. 넓고 평평하면 좋으며 약간 도도록하게 풍요로우면 정신력이 강하다. 학구파다. 꺼지거나 흉터가 있거나 주름이 산란하게 있거나 어떠한 티끌도 있으면 안 된다. 비록 작은 수두 자국일지라도 인당에 있으면 치명적이다. 대개 학업을 중단하게 된다. 눈썹 사이가 도톰하고 넓고 깨끗하게 맑으면 학문을 이루어 제왕을 보필하는 벼슬길에 오른다. 눈이 중요하지만 눈 이전에 봐야 할 곳이 바로 이 눈썹 사이이다. 눈썹 사이는 수명 및 모든 운세의 왕성함과 쇠약함을 가름하는 운명의 총본부요, 바로미터이다.
26, 27, 29, 30세	**천창天倉.** 눈썹 끝의 윗부분이 26, 27세에 해당하는 복당, 이마의 양쪽 끝 모서리가 29, 30세에 해당하는 변지이다. 복당부터 변지까지 모두 천창에 속한다. 일월각이 솟은 데다 이마가 풍부하고 널찍하게 생기면서 한쪽으로 기울거나 꺼지지 않으면 높은 관직에 오른다.
31~32세	**눈썹.** 눈썹은 형제요 친구요 내 주위 모든 사람을 본다. 눈썹은 소위 이름을 떨치는 '공명성功名星'으로, 눈썹이 좋으면 인기가 많고 널리 이름을 날린다. 연예인 중에는 눈썹 하나 좋아서 이름을 떨

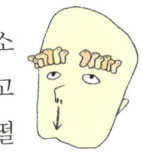

치는 사람들이 많다. 슬기로운 지혜는 눈썹에서 나온다. 인간 됨됨이나 모든 정신적인 것이 눈썹에 있다. 눈썹은 눈의 길이보다 길어야 한다. 눈썹이 길면 천창의 기운을 받아 재복을 누리고 오래 산다. 눈썹이 너무 짧으면 집안에 형제가 없다.

33~34세   **눈두덩**. 눈두덩은 풍요로워야 하지만 눈이 튀어나온 것과는 다르다. 눈썹부터 눈두덩까지 모두 눈의 범주에 속한다. 눈의 기운은 35세부터 시작되지만 눈이 좋은 사람은 눈두덩에 해당하는 33세부터 운이 트이고 전성기를 누린다. 눈의 정기가 눈두덩까지 뻗는 것이다.

35~40세   **눈**. 눈은 흑백이 분명하고 검은 동자가 검을수록, 빛이 날수록 좋다. 빛이 없으면 지혜롭지 못하다. 가급적이면 흰자보다는 검은 동자가 차지하는 비중이 더 커야 한다. 또 검은 동자는 큰 것보다 작은 것이 좋은데, 마치 다이아몬드의 결정체처럼 단단하게 맺힌 듯한 눈동자를 말한다. 즉 눈매는 크거나 둥글지 않고 가늘고 길어야 하며, 검은 동자는 용이 여의주를 물고 있듯 위 눈꺼풀에 살짝 숨어 있어야 한다. 눈을 보면 타고난 천품과 지혜, 관록, 재복, 부부궁, 건강 등 모든 것을 알 수 있다.

41, 42, 43세   **코뿌리**(산근山根). 두 눈 사이에 있는 코의 뿌리는 넓고 풍요로워야 운이 좋다. 산근이 좋은 사람은 이 시기에 사업을 하면 번창하고, 출사를 하면 관록을 먹는다. 코의 시작이며 근본인 산근은 맑고 깨끗해야 한다. 산근이 좋으면 높은 벼슬에 올라 나라를 지키며, 건강한 부인을 얻어서 많은 자손을 둔다. 이곳이 푹 꺼지지 않고

웅장하게 쭉 뻗어내리면 조상복을 넉넉하게 받은 사람이다. 코뿌리는 재물과 건강의 근본을 본다.

48세

코끝(준두準頭). 코끝은 높지 않고 쭉 내밀지 않고 펑퍼짐하게 납작한 듯하면서 둥글어야 하고 살은 단단해야 한다. 이런 코는 재복이 있고, 배우자 복이 있다. 코끝이 너무 빈약해서 날카로운 사람은 인덕이 없다. 가난하고 고독하다. 풍요롭고 넓게 퍼져 있어야 한다.

49~50세

콧방울. 콧방울은 금고다. 주 콧방울이 풍대하면 재복이 많다. 콧방울이 콧구멍을 잘 싸주면 재복이 좋아 낭비를 하지 않고 이재 관리를 잘하여 재물을 모으는 지혜가 있다. 쓸 때 쓰고 아낄 때 아낀다. 콧구멍이 너무 뻥 뚫려 있으면 기운이 다 새어 나가고 수명도 길지 않다. 콧구멍이 너무 작으면 인색하다.

41, 44, 45, 48, 49, 50세

코 전체. 코뿌리부터 코끝과 콧방울까지. 코는 평생의 재물을 총괄하는 곳이다. 재물복을 보는 곳은 천창, 턱, 콧방울, 두 눈 등 여러 곳이 있지만 그 중 으뜸은 코다. 코끝이 좋고 코뿌리가 약하면 돈은 벌었으나 버틸 힘이 부족하니 오래 간수하질 못한다. 코뿌리부터 코끝까지 비뚤어짐 없이 곧게 내려와야 하고, 빈약하거나 뾰족하지 않게 살로 풍요롭게 덮여 있어야 좋은 코다. 콧대의 뼈가 두드러지게 노출된 코는 기가 세고 사납다. 인간관계, 재복, 성공 운도 좋지 못하다.

46~47세

광대뼈(관골觀骨). 코, 이마, 턱과 함께 오악五嶽을 이루는 양쪽 광대뼈는 코와 함께 얼굴 중간마당에 위치하며, 권세를 담당한다. 광대뼈는 정면을 향해 적당한 살과 함께 둥글게 우뚝 솟아

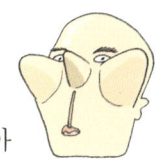

야 하지만 코보다 높지 않아야 한다. 광대뼈가 좋은 사람은 임금을 가까이서 모시고, 주관이 뚜렷하다. 또 인덕이 좋고 결혼을 하면 배우자가 성공한다.

51세   **인중人中.** 코와 윗입술 사이에 오목하게 골이 진 곳. 인중에서부터 말년으로 접어든다. 동서남북 모든 물이 인중으로 향하고, 인중을 통해 입으로 흘러든다. 인중은 깨끗하고 또렷하고 길어야 한다. 무엇보다 깊어야 한다. 너무 가늘게 좁아도 곤란하고 흐릿해도 안 된다. 좋은 인중은 건강하게 오래 살고 말년에 자손 복이 있다. 만물의 근원인 물이 모이는 곳이니 재복 또한 넉넉하다.

56~57세   **법령法令.** 콧방울에서 시작해 입가를 지나 강물이 흐르듯 비스듬히 내려오는 주름으로, 수명과 말년의 운세를 관장한다. 법령의 나이는 원래 56~57세지만 콧방울의 나이인 49세부터 영향을 받는다. 남자는 법령이 아주 깊고 힘 있게 웅장할수록 관록과 명예가 높다. 여자는 법령이 너무 깊지 않고 은은히 부드럽게 내려와야 한다.

60세   **입, 입술.** 심장의 발로인 입술은 붉고 맑아야 한다. 입술은 두텁고 네모진 듯 둥글어야 하며 입술 꼬리가 아래로 처지지 않아야 한다. 이러면 배가 뒤집힌 꼴이다. 윗입술보다 아랫입술이 두터워야 한다. 눈이 잘생기고 입술까지 후중하게 잘생기면 부자다. 경면주사처럼 깨끗하게 붉은 입술은 마음이 공평무사하다. 입술이 밝으면 마음이 아름답고 현명하다. 맑은 데다 생긴 것까지 사각형으로 꽉 찬 듯하면 높은 벼슬과 부귀가 따른다. 입술이 거무스름한 자는 도둑 심보에 음탕하기까지 하다. 입이 못생기면 귀가 아무리 좋아도 공부를 마치지 못한다.

66~69세 **턱.** 66~69세는 턱 관절이 있는 곳에 해당하지만 턱 전체가 말년운이다. 턱은 풍대할수록 후덕하고 재물복이 많다. 턱은 뾰족하게 빈약하지 않아야 하며, 턱 전체가 둥글고 적당히 살로 덮여 있어야 한다.

70세 **턱 끝.** 입 아래쪽 턱을 말한다. 턱은 둥글고 앞으로 적당히 나온 듯해야 재복이 좋고 부부금슬도 좋다.

치아. 치아는 유년기부터 노년까지 평생을 본다. 치아는 12학당 중 마지막 결정판으로, 치아 좋은 사람이 학문을 추구하면 기필코 그 학문을 이루어 학자가 되고 관록을 크게 먹는다. 식록이 넉넉하고 수명 또한 길다. 치아가 잘생기면 신의가 두텁고 마음이 단단해 마음먹은 일을 이루고 만다. 치아는 단정하게 가지런히 꽉 짜이고, 사이가 뜨지 않고 빽빽하게 차야 한다. 색깔은 깨끗해야 하나 백기가 서리면 무섭다. 청결하고 맑게 빛나야 한다. 치아에 윤기가 있으면 재복이 많다. 대문치 두 개는 특히 비뚤어지거나 틈이 보이면 안 좋다.

마수걸이가
공부 열심히 하나
출판사에서 감시하러 나온
고정란

유명 만화가를
꿈꾸는
마수걸이

10대부터 시작해
관상만 60여 년 파고 든
관상의 대가
신기원

오래
사는
복

복 중의 복, 오래 사는 복

다섯 가지 복이 있다.

五福

좋은 부모에게서
태어나는 복.

재물 복.

처복 혹은 남편 복.

살 만치 살고 난 뒤 가족이 지켜보고
있는 자리에서 고통 없이 눈을 감는 복.

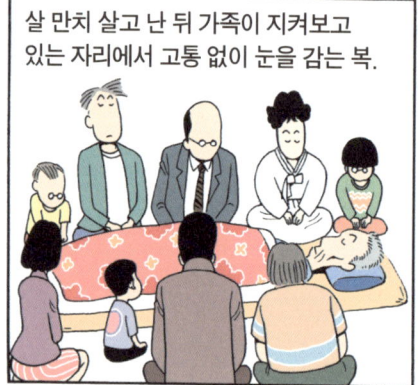

오래 사는 복.

24

그중의 으뜸은
오래 사는 복이다.

개똥밭에
뒹굴어도
오래 사는 게 최고!

그 꼴로 90세,
100세 살면 뭐해?

!

돈이 있어야
하고 싶은 것
하고 살지.

오래 사는 복
다음이 재물 복이다.

꼬르륵

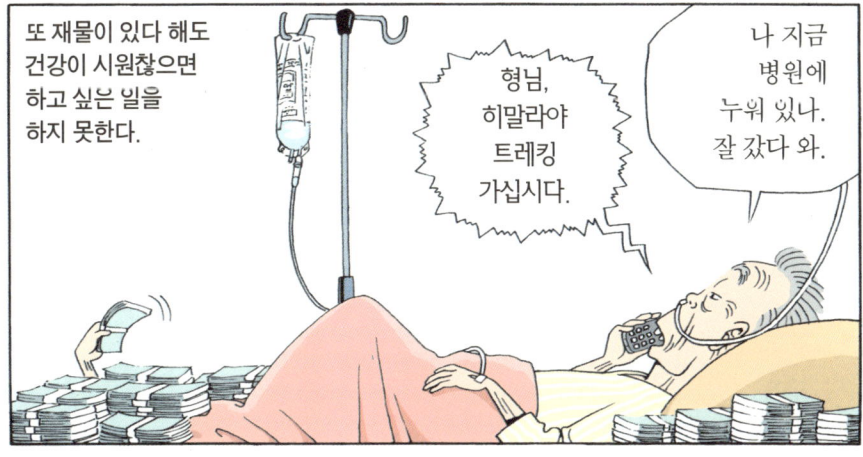

또 재물이 있다 해도
건강이 시원찮으면
하고 싶은 일을
하지 못한다.

형님,
히말라야
트레킹
가십시다.

나 지금
병원에
누워 있나.
잘 갔다 와.

건강해도 돈이 없으면 막걸리라도 취하게 마실 수 없다.

재물이 없으니 오래 사는 것도 욕된 인생이다.

나이 들어서는 품위 유지비가 필요하다. 말만으론 대접받지 못한다.

내 텐트 쳐줄 사람!

……

입은 꼭 다물고 지갑을 자주 열어야 어른 대접 받는다.

휙

선생님!

오빠!

휙

척

허나 아무리 부자인들 수명이 짧으면 아무 소용 없다.

독자들은 어느 쪽을
택하겠는가.

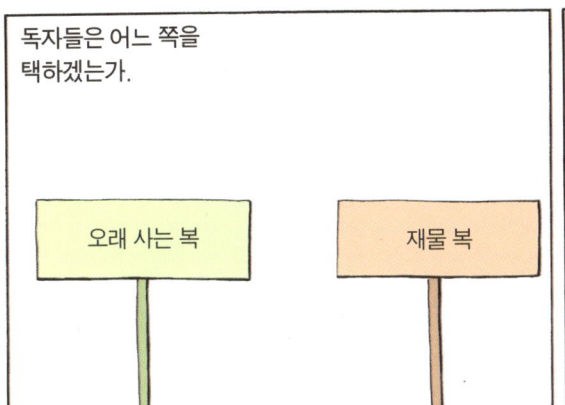

오래 사는 복

재물 복

쉽게
선택하기
어렵다.

그래서
이런 말이 있다.

건강한 몸과 재물이
쌍으로 완진해야 한다.

丁財雙全

정 재 쌍 전

한 가지만 있으면 부족하다.
두 가지를 다 타고나면
복 중의 복이다.

욕심에는
끝이 없다.

이가 자식보다 낫다

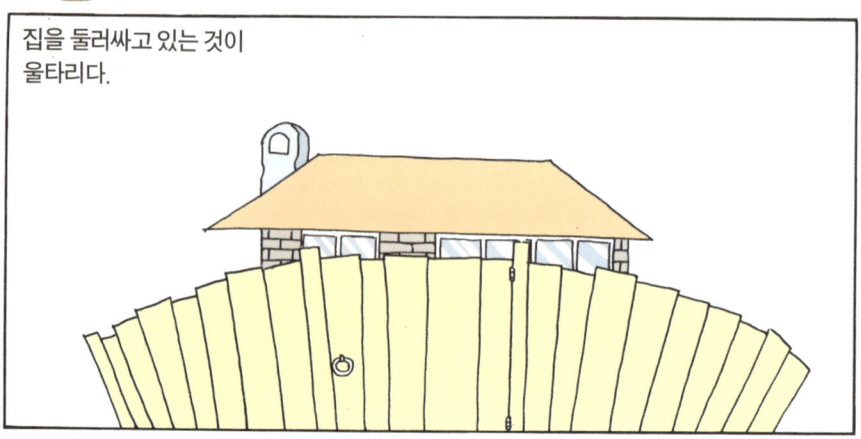

집을 둘러싸고 있는 것이
울타리다.

울타리가 튼튼하지 않으면
손실이 많다.

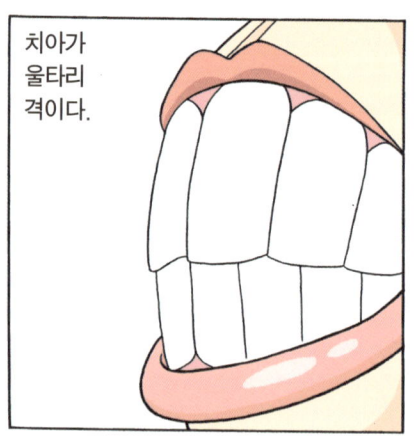

치아가
울타리
격이다.

음식을 씹을 때
위아래가 잘 맞아야
잘게 씹을 수 있다.

촘촘하지 않으면
음식이 빠져나간다.
영양이 빠져나간다.

튼튼한 울타리는
단단한 땅 위에
세울 수 있다.

깡

곡괭이가
안 들어
간다.

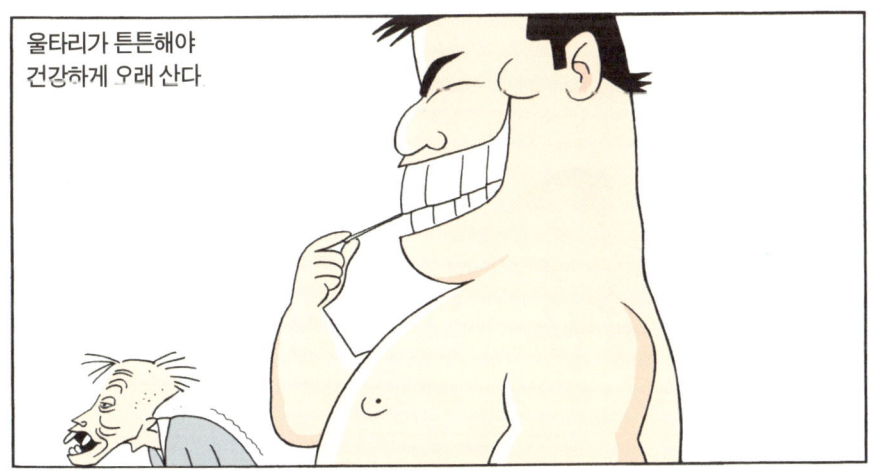

울타리가 튼튼해야
건강하게 오래 산다

나이 60이 넘었는데
이 치료하는 데
1억을 넘게 쓴다면?

그 나이 넘어
얼마나 더 살겠다고
그런 돈을 들여요?

말조심해!

전에는
이해 못했는데
그럴 만도
하겠어.

요즘은 인생을
90세까지
계산하거든.

이를 잘 고치면
남은 30년은
거뜬하단 말이야.

잘 먹는 것이
제일 중요하다.

담배 끊으면 1망,
술 끊으면 2망,
섹스 끊으면 3망,
곡기 끊으면 4망이다.

금연　금주　금색　금곡

잘 먹어야 건강해져서
섹스도 하고
술도 마실 수 있다.

돈이 많지만 건강하지 않으면
잔치 구경만 하게 된다.

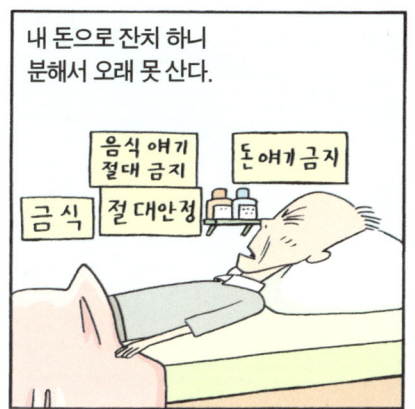

내 돈으로 잔치 하니
분해서 오래 못 산다.

음식 얘기
절대 금지

돈 얘기 금지

금식 절대안정

그때
치아를 고칠 걸
돈 아깝다고
안 고쳤더니…

관 속에
틀니 넣어
드릴게요.

하빠,
여기 도장
찍어줘.

"이가 자식보다 낫다!"

지극히 효도한들
음식을 대신
씹어줄 수는 없다.

10년 내로
유산 받긴
틀렸어.

샤토

 # 몸의 윤활유를 체크하라

귀는 마음이다.

귀가 잘생긴 사람은
마음이 너그럽다.

귀가 둔하게 생겼으면
사고방식이 무디고,
귀가 날카롭게 생겼으면
예리하나 정이 없다.

귀는
콩팥과
연결되어
있다.

콩팥 기운이 왕성하면 물이 많다.
물은 호르몬이다.
윤활유다.

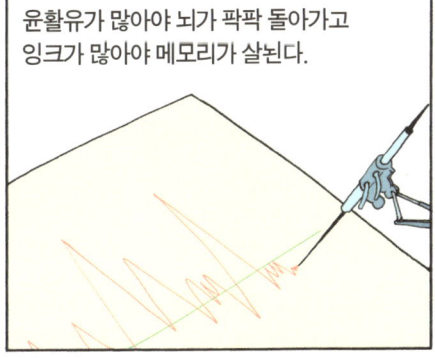

윤활유가 많아야 뇌가 팍팍 돌아가고
잉크가 많아야 메모리가 살된다.

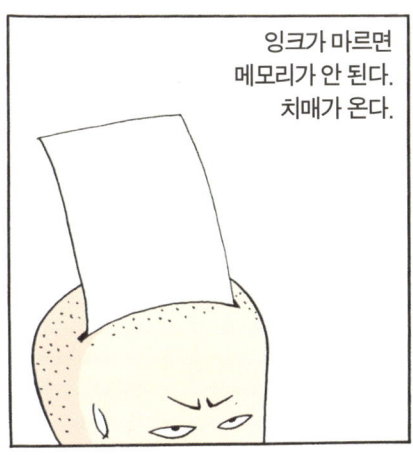

잉크가 마르면
메모리가 안 된다.
치매가 온다.

나이가 들면
물이 부족해서
자꾸 침이
마른다.

뇌는 엔진이다.
윤활유가 있어야
엔진이 잘 돌아간다.
윤활유가 부족한데
엔진을 과다하게 사용하면
엔진이 타버린다.
미쳐버린다.

그래서 가끔
머리를 식혀줘야
한다고.

엔진오일이 말라붙기 전에는 걸쭉해진다.
기계가 멈추기 직전이다.
이런 상태가 피부의 색깔로 나타난다.

귀의 색깔이 때가 낀 듯 어두우면
콩팥이 무너지고 있는 것이다.
관을 준비하라.

어두운 귀의 색깔이 밝아지면
콩팥이 살아난다.
병자가 일어난다.

귀를 보면
건강을 알 수 있다.
귀가 윤기 있고
맑아야 오래 산다.

햇빛이 곧 눈빛이다.

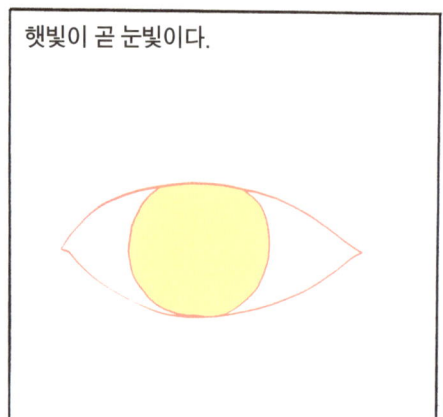

아는 사람이
빠진 데 없이
잘생겼는데
눈은 졸고 있어요.

……

졸고 있어도
빛이 있으면 돼.

빛도
없어요.

어허!
꽃은 예쁜데
향기가
없구만.

명문대를
나오면 뭐해?
눈이 흐리면
인생도 흐려.

눈은 보석처럼 깊이 있게
반짝여야 한다.

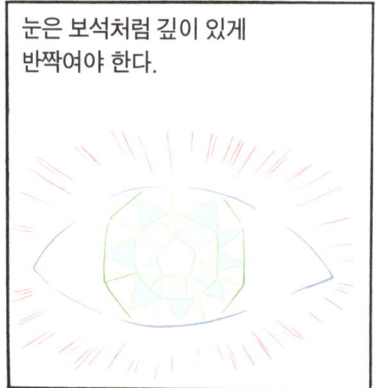

아까부터
왜 그래?

36

아까 전철 타고 오는데 그… 그놈이 나한테…

당했구나!

사람 많은 곳에서 어떻게 그런 일이…

아줌마라잖아요!

윽!

으윽!

좀 연식이 있긴 하지만 어떻게 그런 말로 처녀 가슴에 비수를 꽂냐고요!

파지지지

저… 서 눈빛은…

무… 무서워!

눈빛은 눈 안에서 초롱초롱 빛날 때는 정기인데 저렇게 밖으로 빛이 넘쳐나면 살기다!

저 눈빛은
사납고 강하고
집념 덩어리지!

무섭지만
취재는
계속된다.

올해는
꼭 시집가고
말껴!

파지지지

눈의
정기와 살기를
구분하기
쉽지 않아요.

쉽다.

아우,
눈 아파.

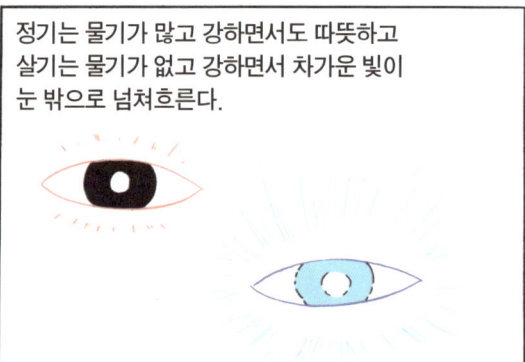

정기는 물기가 많고 강하면서도 따뜻하고
살기는 물기가 없고 강하면서 차가운 빛이
눈 밖으로 넘쳐흐른다.

운이 나빠지면 눈빛이 흐려졌다가
운이 좋아지면 눈빛도 살아난다.

눈빛을 보고 체력을 알 수 있다.
흐리면 피곤한 것이고
밝으면 건강한 것이다.

병원에 입원한
환자의 눈빛을 보고
앞날을 예측할 수 있지.

아!

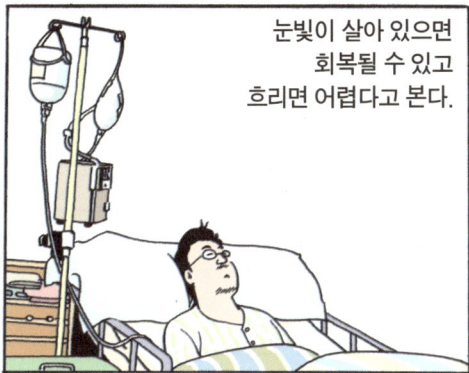

눈빛이 살아 있으면
회복될 수 있고
흐리면 어렵다고 본다.

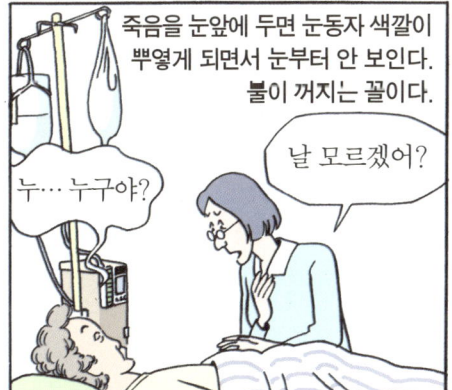

죽음을 눈앞에 두면 눈동자 색깔이
뿌옇게 되면서 눈부터 안 보인다.
불이 꺼지는 꼴이다.

누… 누구야?

날 모르겠어?

경찰서에 붙어 있는 수배자들
사진을 보면 눈빛이 매우 강하다.

지명 수배자

무사들은 상대가
칼을 뽑지 않아도
눈빛으로 일 수 있었다.

살기!

부귀영화와 수명을 한번에!

그 친구
벌써 죽었어?

그럴 줄
알았다니까.
눈썹 사이가
내려앉았더라고.

네 걱정이나 해라.
눈썹 사이가
손가락 두 개보다
더 넓으면 단명한다.

!

하수 같으니!

?

저 친구는
오래 산다!

뭘 보고?

눈썹 사이, 즉 명궁이 넓더라도 눈빛이 좋거나 눈썹이 수려하면 관계없어.

이 나쁜 놈! 시원찮게 배워서 막 뱉어 내는 말에 상처받는다는 것 몰라!

픽

악!

픽

눈썹과 눈썹이 가까우면 어리석다.

손악질 여사

거기에다 눈빛까지 흐릿하면 더욱 어리석다.

눈빛이 날카로우면 사나워 보여서 일부러 눈빛을 죽였는데 이제부터는…

파지지

Baby

허나 몇 분 후 원래의 눈빛으로 돌아간다.

내 눈빛이 흐리다고? 지금 눈에 힘주고 있는데!

명궁이 워낙 좋으면
다른 곳이 좀 약해도
명궁빨을 받는다.

'목숨 명(命)' 자 명궁이니까
오래 산다.

저는
명궁이 어때요?

수수해.

같은 편끼리 좋다고
말씀해 주시면 안 되나?

명궁은 좋은데
한쪽 눈은 초롱초롱 빛나고
한쪽 눈은 흐릿하면
오래 삽니까?
오래 못 삽니까?

아픈 눈 말고는
그런 눈 없어!

반쪽만 똑똑하고
반쪽은 미련한
인간 있나?

있을 수
있죠.

마 선생,
그만 해!

명궁이 넓어도
눈썹이 수려하지 못하면
나빠.

수려하다는 것에 대한
설명이 필요합니다.

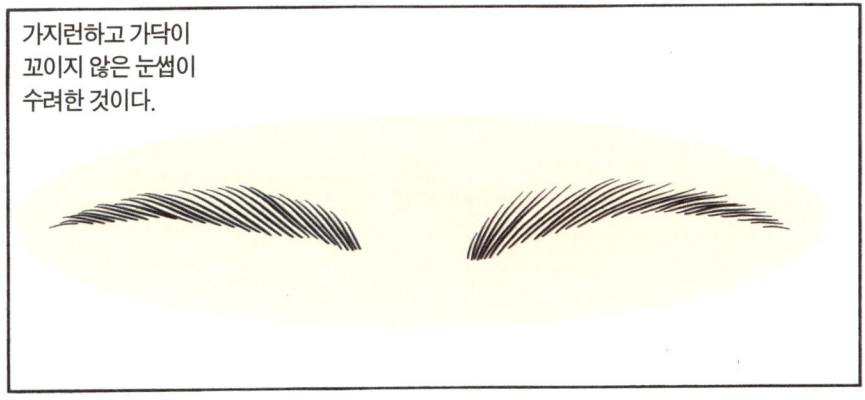

가지런하고 가닥이
꼬이지 않은 눈썹이
수려한 것이다.

명궁은 운명을
보는 곳이다.
이곳에서 부귀영화와
수명을 본다.

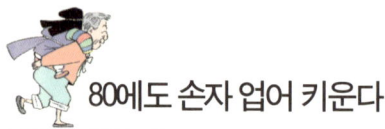

80에도 손자 업어 키운다

안녕히 주무셨어요?

오냐.

80세 노인이 6세 손자를 업고
동네를 한 바퀴 돈다.

저 형님은 어디서 저런 힘이 나올까?

자식들이 뭘 해 먹이는지 물어봐!

따로 해 드리는 것 없다는데요. 밥만 한 그릇씩 또박또박 드신대요.

그럴 리가!

귀의 명문을 봐도 찌그러져서
오래 살지 못하겠는데
힘이 저렇게 남아도니
100세는 기본으로 넘겠어!

광대뼈 뿌리, 일명
옥량골(玉梁骨)
덕분이다.

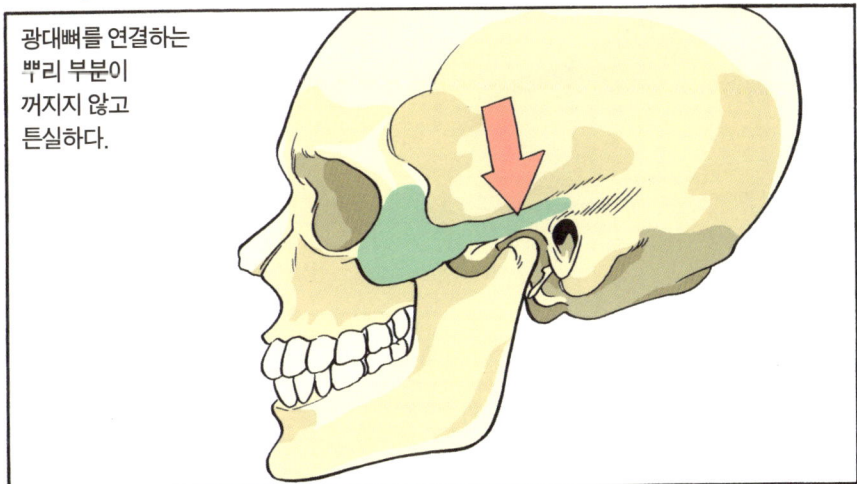

광대뼈를 연결하는
뿌리 부분이
꺼지지 않고
튼실하다.

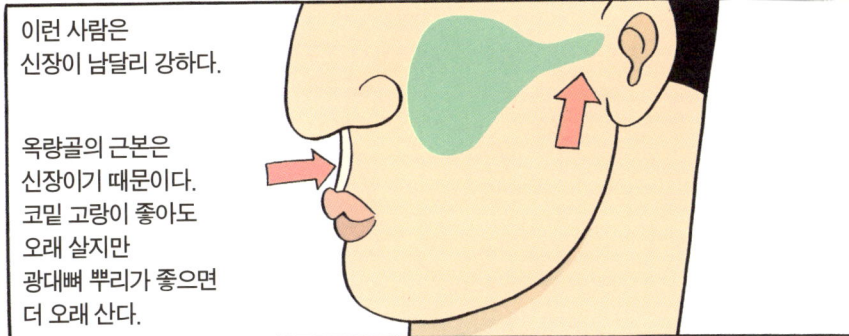

이런 사람은
신장이 남달리 강하다.

옥량골의 근본은
신장이기 때문이다.
코밑 고랑이 좋아도
오래 살지만
광대뼈 뿌리가 좋으면
더 오래 산다.

뼈를 원래 좋게 타고났더라도 살면서 신장이 나빠질 수 있는 것 아닙니까?

물론,

그때는 뼈는 그대로 있지만 기색이 어두워지지.

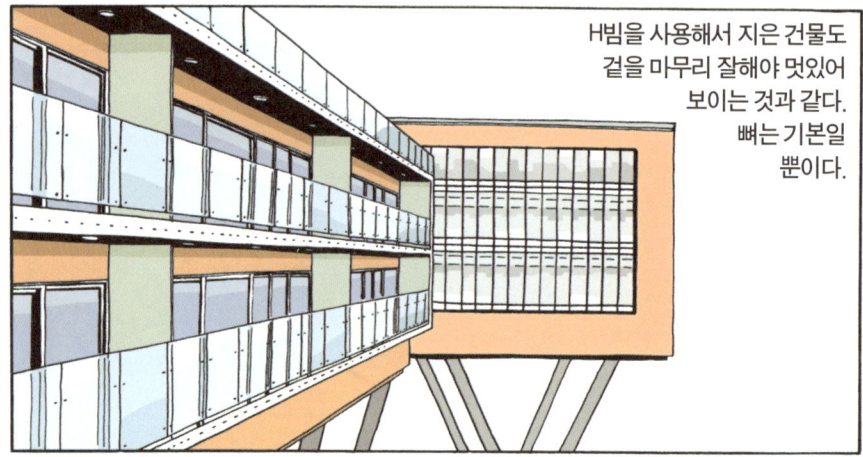

H빔을 사용해서 지은 건물도 겉을 마무리 잘해야 멋있어 보이는 것과 같다. 뼈는 기본일 뿐이다.

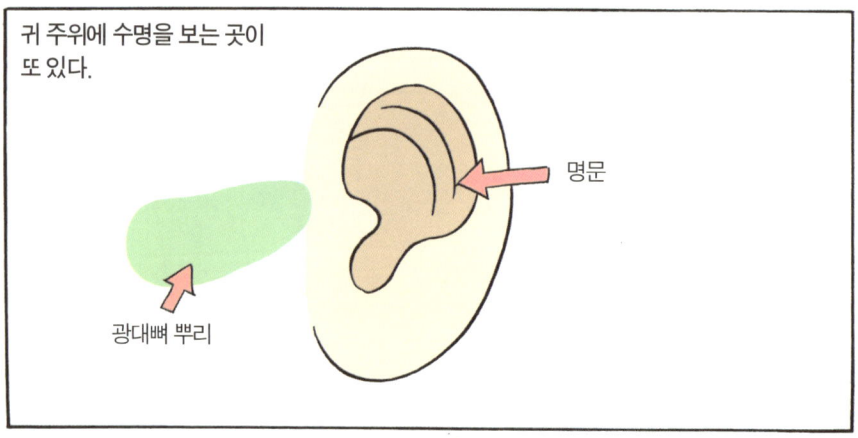

귀 주위에 수명을 보는 곳이 또 있다.

명문

광대뼈 뿌리

귀 뒤쪽의 툭 불거져 있는
수명 뼈가 그곳이다.

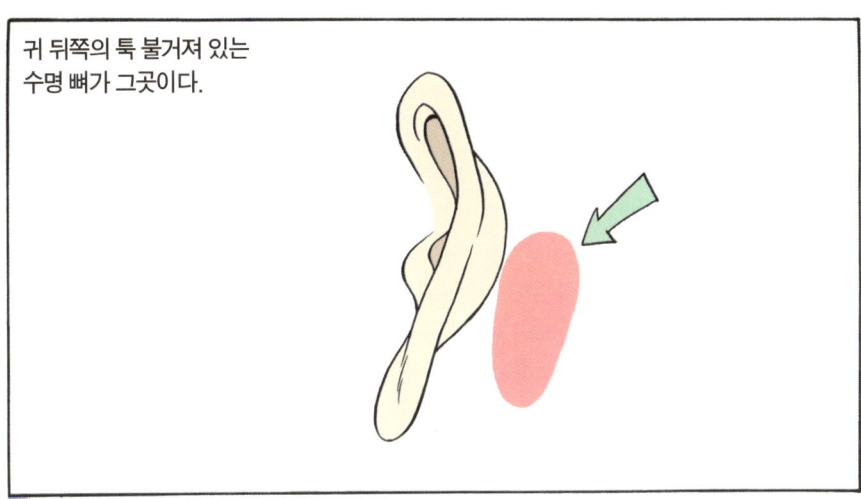

허영만의
수명 뼈도
훌륭하다.

뒤에서 흉보는 자는 격이 낮다.
그걸 보고 좋아하는 자는
더욱 격이 낮다.

재복
만당

몸이 천 냥이면 눈이 9백 냥

당 송 때 상법을 연구한 사람들에서부터
요즘 관상가까지 이구동성으로
한 말이 이것이다.

눈이
9백 냥!

코 역시 얼굴의 대들보니까 중요하지만
눈 하나 제대로 박혀 있으면
코는 좀 못났어도 괜찮다.

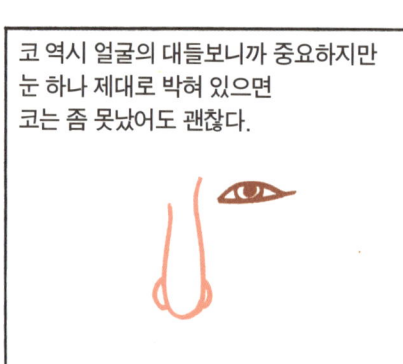

눈이 시원찮고
코만 근사해서는
제구실을 못한다.

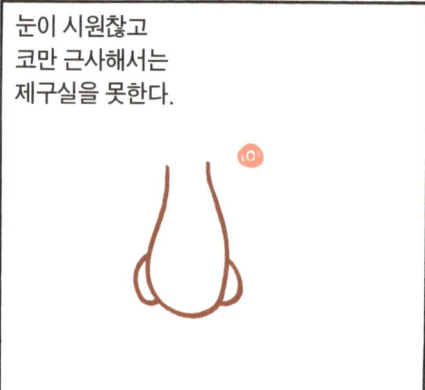

못생긴 눈은 아니어도
코가 워낙 빈약하면
눈 값을 못한다.

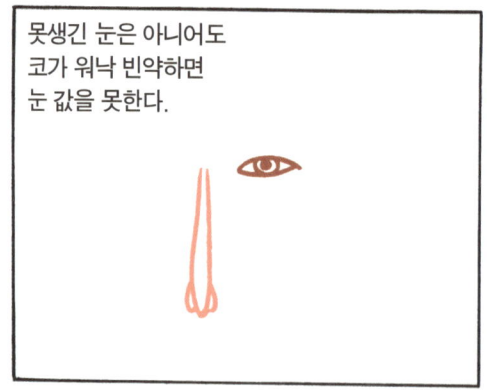

정신없어.

둘을 뗄 수 없는
관계라는
말씀이셔.

얼굴에 산이 다섯 개 있으면
산과 산 사이에 물이 있겠지.
얼굴에 네 군데 우물이 있어.

!

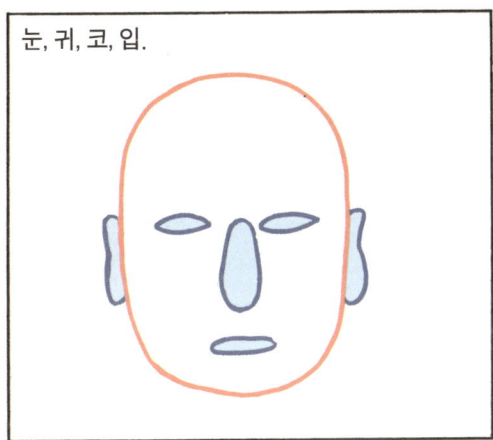

눈, 귀, 코, 입.

코는
산에도
들어가고
물에도
들어가네.

콧물이 있으니까
그런가?

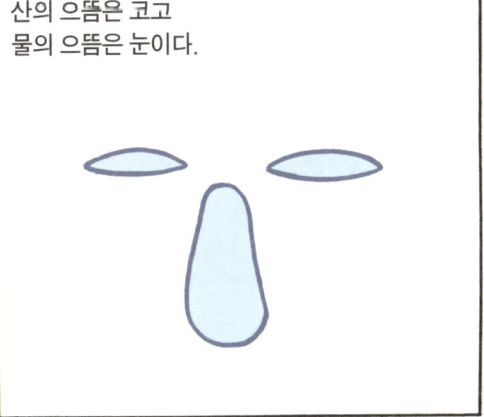

산의 으뜸은 코고
물의 으뜸은 눈이다.

물은 음이고
산은 양이다.
음양의 조화다.

재복 있는 눈

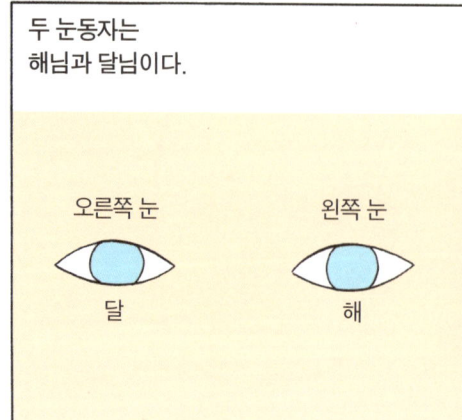

두 눈동자는
해님과 달님이다.

오른쪽 눈

왼쪽 눈

달

해

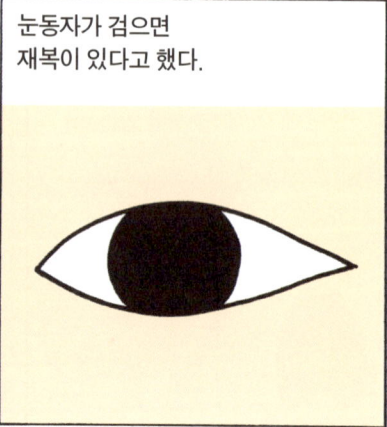

눈동자가 검으면
재복이 있다고 했다.

내 눈을 봐!
칠흑같이 검은 내 눈이
재산을 쌓이게
하는 거라고!

그럼
저기는
왜 그래?

앗!
당신 뭐야?

눈도 나보다 형편없는데 재산은 왜 이렇게 많은 거야?

당신 눈은 검지만 탁해. 그러니 재산이 1백억밖에 안 돼.

!

내 눈을 봐. 검지만 당신 눈과 다르지.

맑고 빛나지! 1천억, 1조짜리 눈이지!

초롱 초롱 초롱

악!

등잔불의 기름이 맑아야
밝은 빛을 낸다.

기름이
맑지 못하면
그을음이
많이 생겨
불이 밝지
못하다.

맑은 눈은
학문을 이룬다.

학문이 높아
높은 관직을 얻는다.

고여 있어 썩은 물은
맑지 않고 밝지 못하다.

탁한 것은 욕심을 부른다.
꽉 차도 배부른 줄 모른다.
99억 가진 자가 100억
채우려고
기를 쓴다.

돈!

돈!

돈!

100억이 채워지면
200억을 노리지만
탁한 눈이면
그걸로 끝이다.

아니,
부스러기
잔돈푼밖에
없잖아.

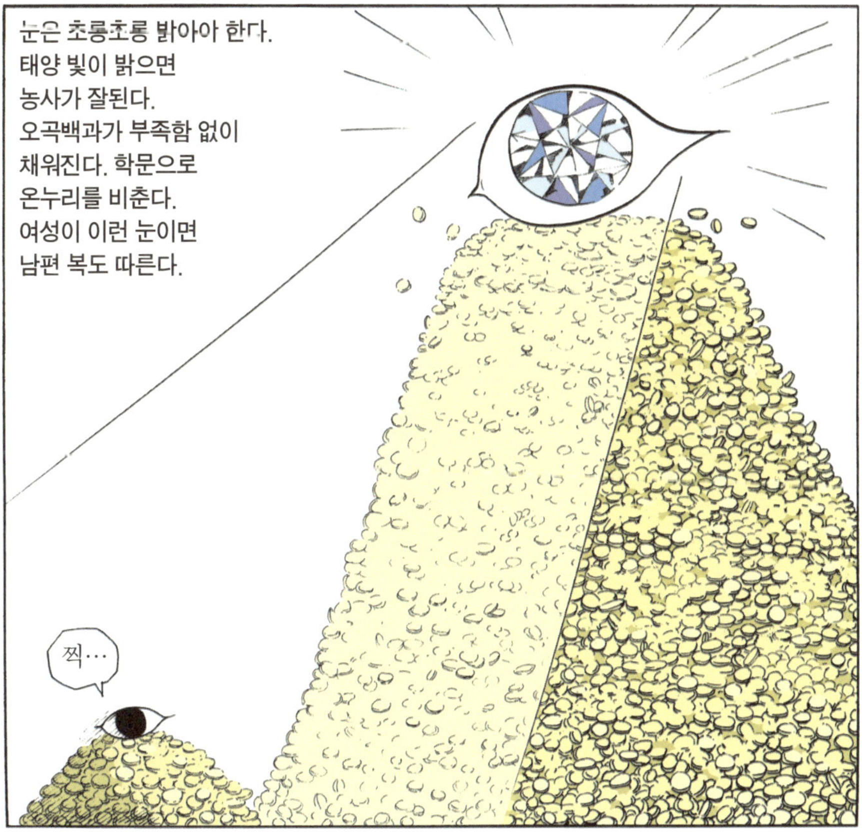

눈은 초롱초롱 밝아야 한다.
태양 빛이 밝으면
농사가 잘된다.
오곡백과가 부족함 없이
채워진다. 학문으로
온누리를 비춘다.
여성이 이런 눈이면
남편 복도 따른다.

찍…

부동산으로 돈을 벌 수 있을까

참으로
착하고 착한
여인이 있다.

평생 일다운 일을 해본 적이 없는
남편과 같이 산다.

그러니 이 여인이 벌어서
생활을 할 수밖에…

끝없이 고생을 해도
형편이 피지 않는다.

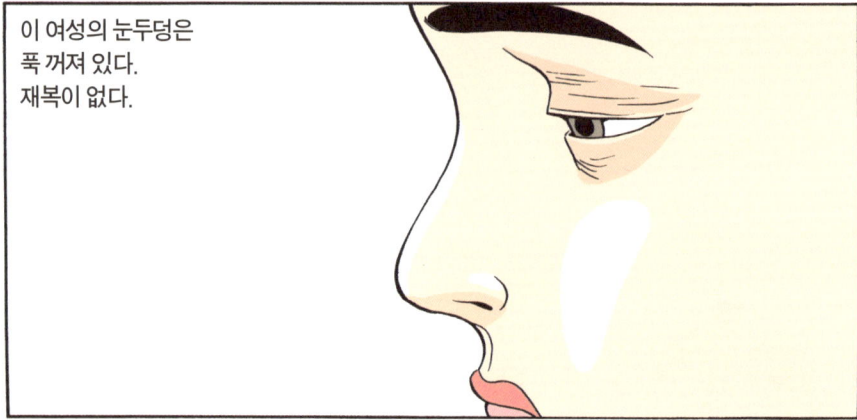

이 여성의 눈두덩은
푹 꺼져 있다.
재복이 없다.

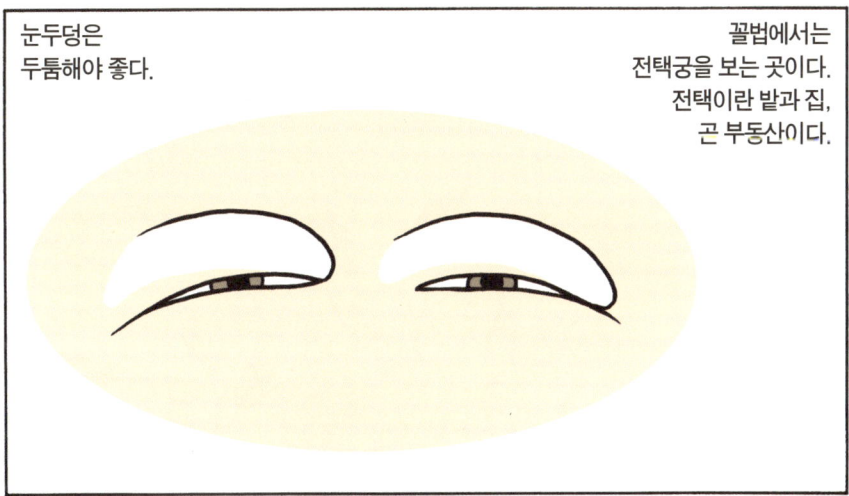

눈두덩은
두툼해야 좋다.

꼴법에서는
전택궁을 보는 곳이다.
전택이란 밭과 집,
곧 부동산이다.

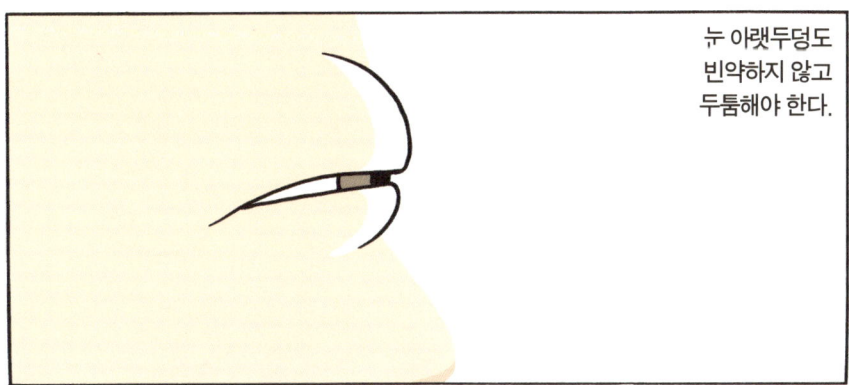

눈 아랫두덩도
빈약하지 않고
두툼해야 한다.

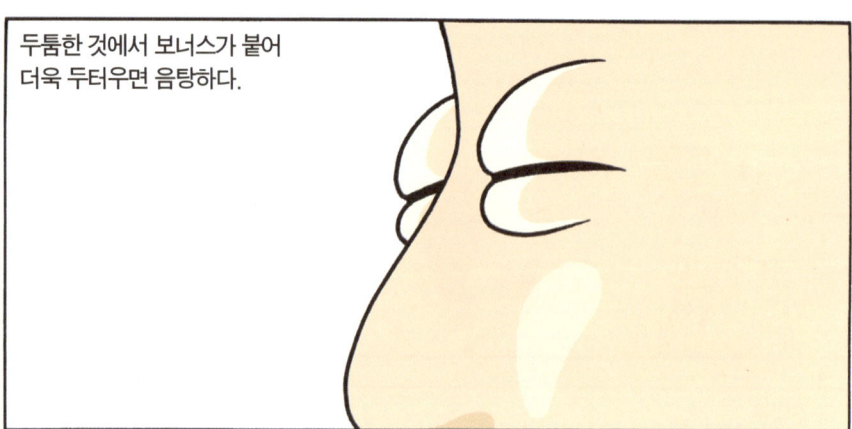

두툼한 것에서 보너스가 붙어
더욱 두터우면 음탕하다.

콩팥의 호르몬이 엄청나게 분비되어
눈두덩을 두텁게 만든다.

너도 사랑해!
너도! 너도!
모두우우!

적당하게 두툼해야 해.
보기 좋을 정도로 주위와
조화가 어긋나지 않게.

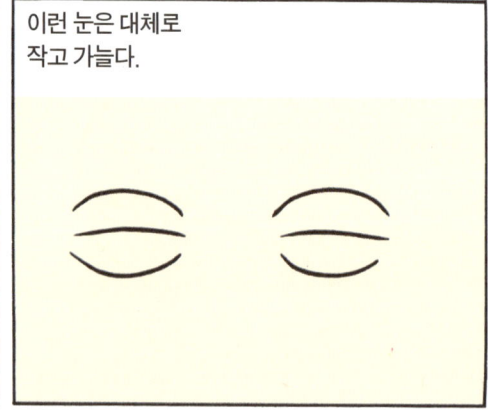

이런 눈은 대체로
작고 가늘다.

동그란 눈에다 위아래 두덩이 두툼하면 튀어나온 눈이야. 복을 받지 못해.

마 선생, 도대체 어떤 눈이야?

겨울 눈.

삐리리

아, 처남. 누이? 산책 나갔어. 언제 들어올지 몰라. 뭐… 금방 들어오겠지. 핸드폰 번호? 지난번에 가르쳐 줬잖아. 또 가르쳐 달라고?

자기 누이 전화번호를 매번 전화할 때마다 물어봐. 나 참.

철컥

선생님, 다음 주에 뵙겠습니다.

고정란, 아래 눈두덩 많이 튀어나온 사람 조심해.

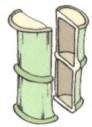 ## 처복이 곧 재물복

내 코를
좀 봐.

코끝도 약한 데다
콧방울이 너무 작잖아.

이 콧방울이 재물창고야.
창고가 커야 재물이 모이지.

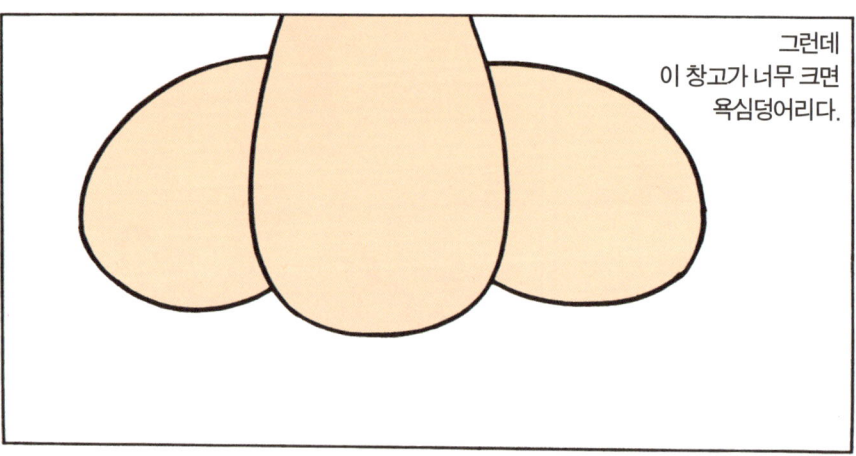

그런데
이 창고가 너무 크면
욕심덩어리다.

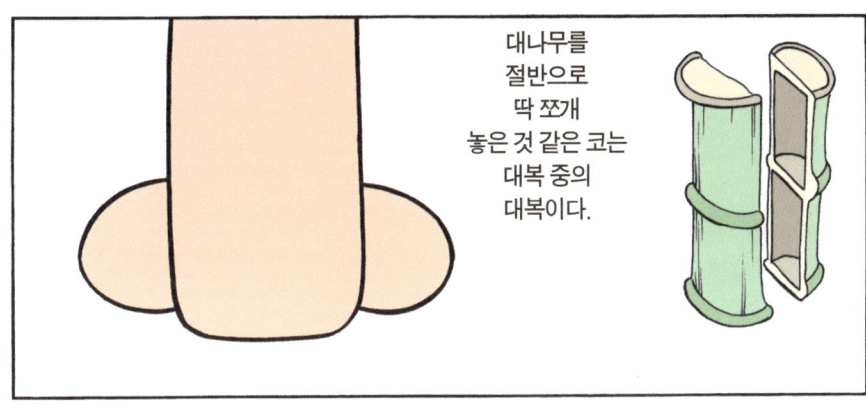

대나무를
절반으로
딱 쪼개
놓은 것 같은 코는
대복 중의
대복이다.

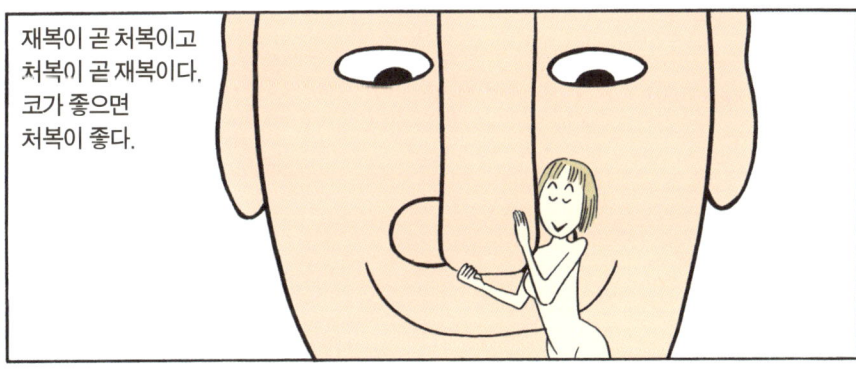

재복이 곧 처복이고
처복이 곧 재복이다.
코가 좋으면
처복이 좋다.

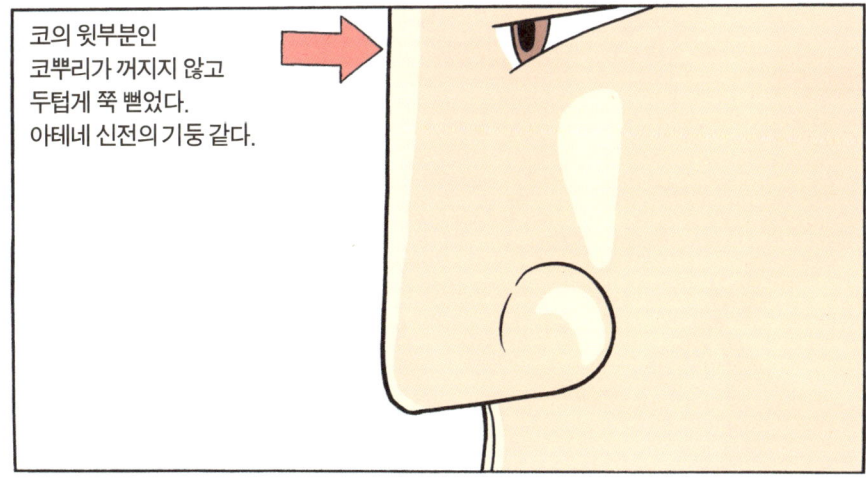

코의 윗부분인
코뿌리가 꺼지지 않고
두텁게 쭉 뻗었다.
아테네 신전의 기둥 같다.

히딩크는 코뿌리가 좋다.
일류 축구 감독으로서
연봉도 아주 높다.

신세계백화점의
이명희 회장.
대단한 코뿌리다.
재복이 풍부하다.

엘리자베스 테일러의
코뿌리도 일품이다.
평생 돈 걱정
안 한다.

뭐니 뭐니
해도
코뿌리의
완성은
빌 게이츠의
부인
멜린다
에게서
볼 수 있다.
인자하고
재복
만당
이다.

모든 재물 복의 으뜸

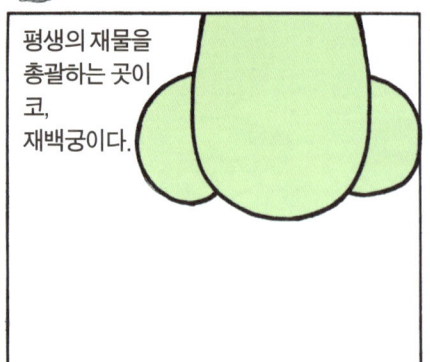

평생의 재물을
총괄하는 곳이
코,
재백궁이다.

주머니가 두둑하면
축 처지는 꼴이랑
비슷하게 생긴 거죠?

그렇지.

재복은 코만이 아니야.
여러 곳이 더 있어.

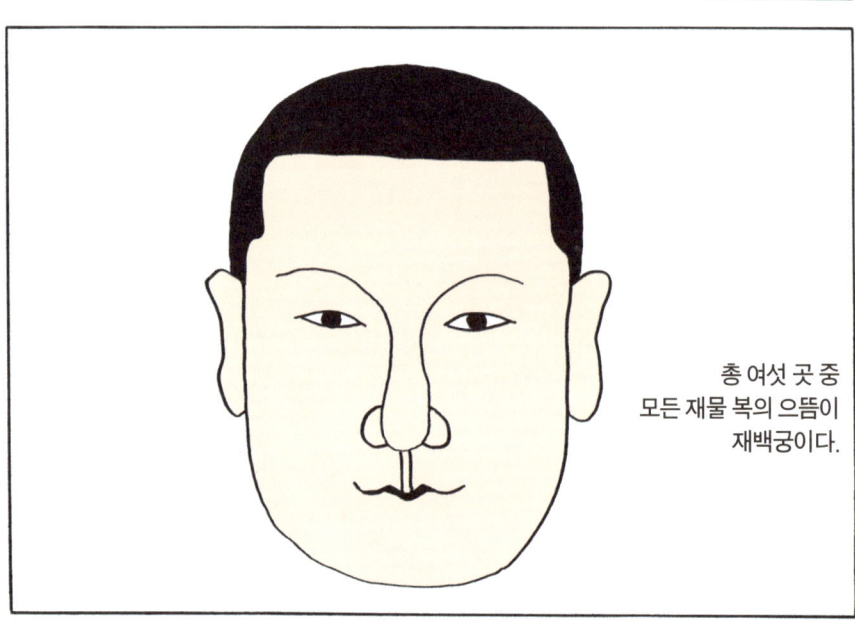

총 여섯 곳 중
모든 재물 복의 으뜸이
재백궁이다.

하늘창고(天倉)가 풍만하다.
조상 복을 받는 곳이다.

위즈덤하우스
김태영 사장

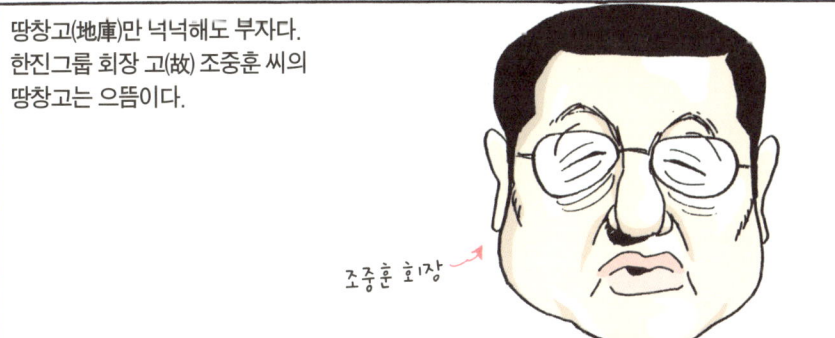

땅창고(地庫)만 넉넉해도 부자다.
한진그룹 회장 고(故) 조중훈 씨의
땅창고는 으뜸이다.

조중훈 회장

콧방울(金甲)은
금고다.

필립

두 눈의 흰자위와 검은 동자가
흑백이 분명하고 맑게 빛나면
재복이 넘친다.

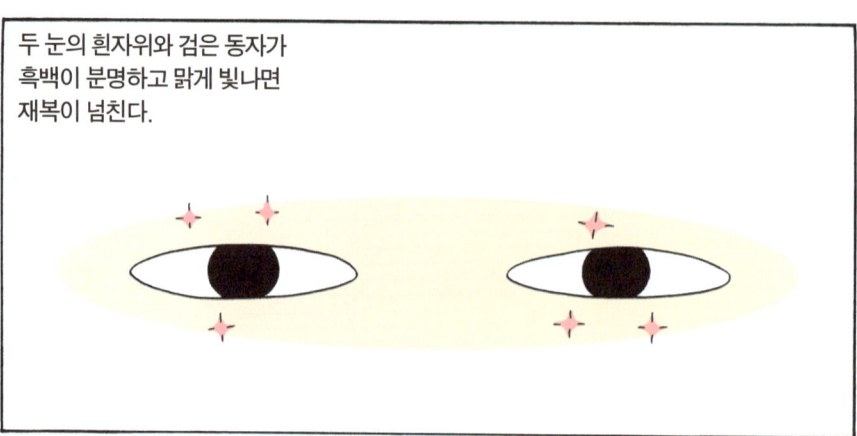

들창코는
이틀 먹을 양식이 없다.
콧구멍이 보이지 않게
간수를 잘하라.

이들의 총대장이 코끝이다.

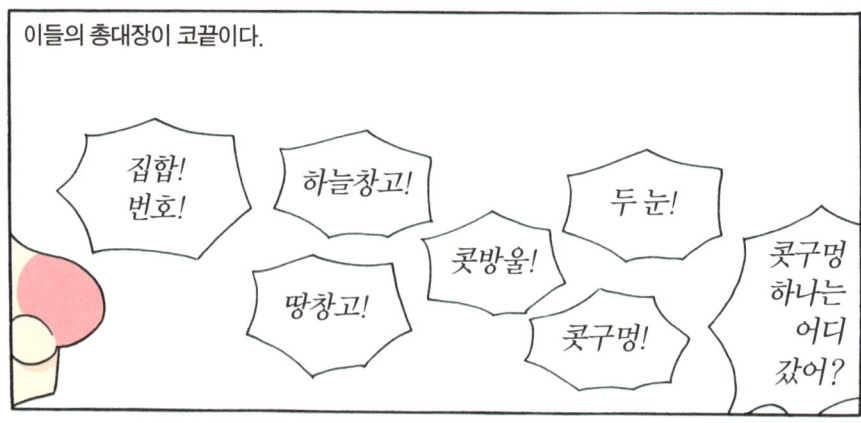

집합!
번호!

하늘창고!

두 눈!

땅창고!

콧방울!

콧구멍!

콧구멍
하나는
어디
갔어?

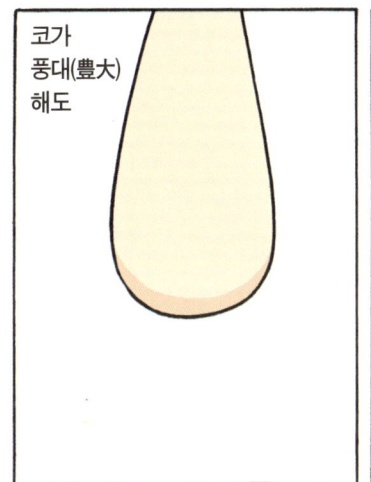

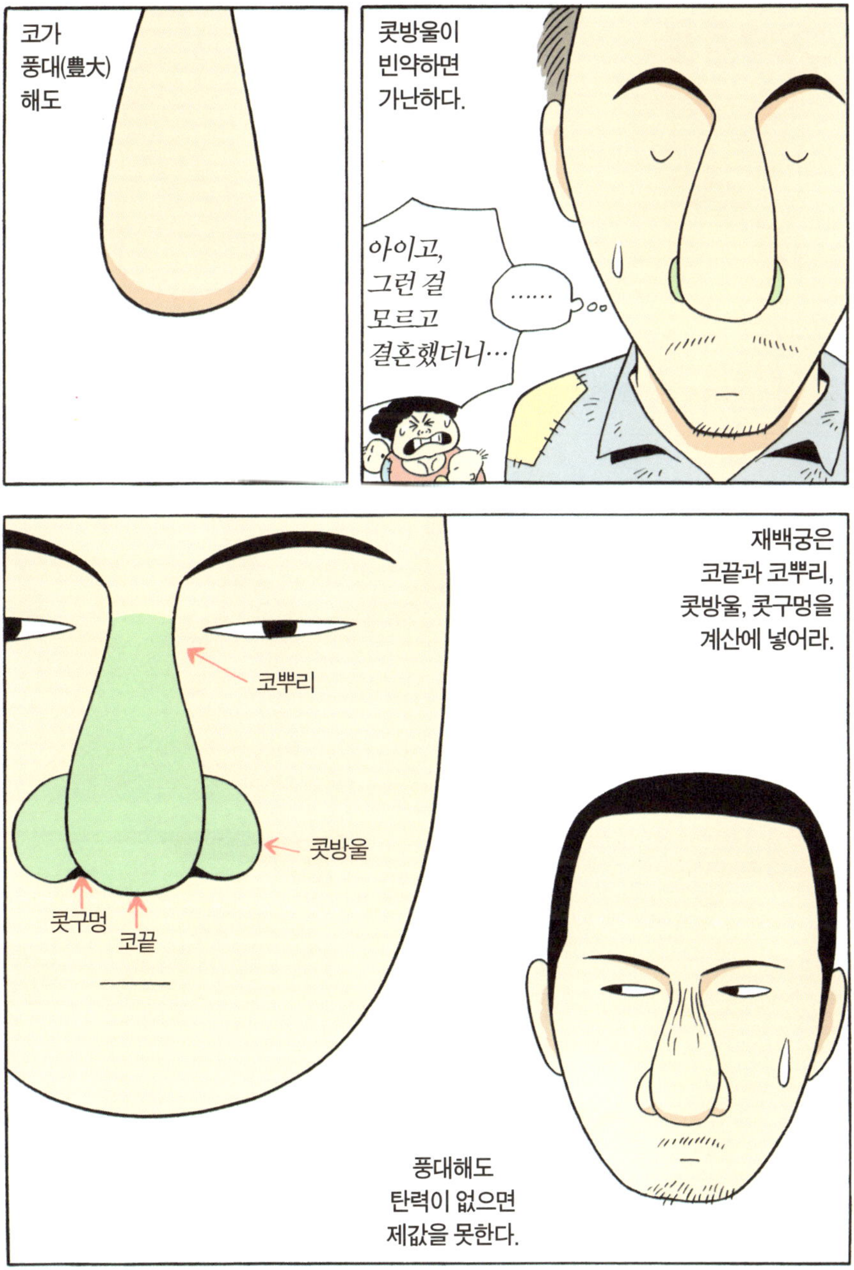

코가
풍대(豊大)
해도

콧방울이
빈약하면
가난하다.

아이고,
그런 걸
모르고
결혼했더니…

……

재백궁은
코끝과 코뿌리,
콧방울, 콧구멍을
계산에 넣어라.

코뿌리

콧방울

콧구멍

코끝

풍대해도
탄력이 없으면
제값을 못한다.

와그르르

갱이 무너졌다!

갱 안에 갇힌 사람이 몇이냐?

두 명입니다!

궤도차가 움직일 수 없고 또 무너질까봐 구조대가 들어갈 수도 없습니다!

스스로 걸어 나오는 길뿐!

헉헉. 수… 숨 가빠.

호흡을 크게 하고 걸어야 산다! 걸어!

우욱!

이봐! 정신 차려!

앗!

나왔다!

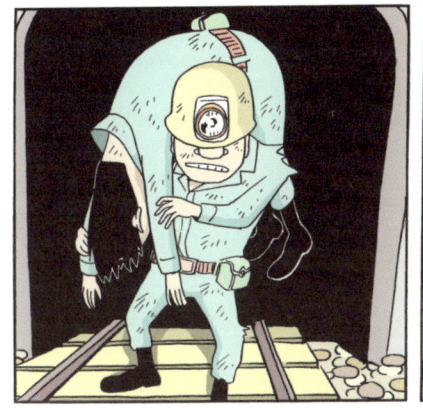

한 사람은 죽었다!

저 친구는 호흡하기 어려운 깊은 갱에서 어떻게 살아나왔을까?

코뿌리가 튼튼하면 폐도 튼투하다. 코뿌리가 약하면 폐도 약하다. 폐결핵에 걸릴 위험이 높다.

코뿌리가 넓으면 공기 흡입량이 많고 코뿌리가 좁으면 공기 흡입량이 적어서 그런가보죠.

벌렁 벌렁

그럴 수노 있지.

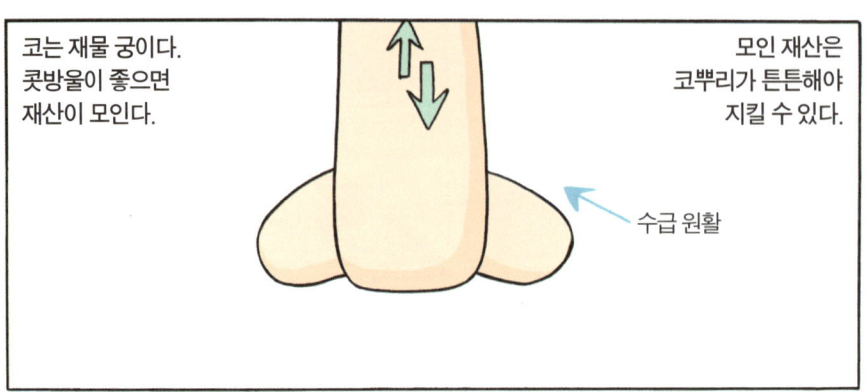

코는 재물 궁이다.
콧방울이 좋으면
재산이 모인다.

모인 재산은
코뿌리가 튼튼해야
지킬 수 있다.

수급 원활

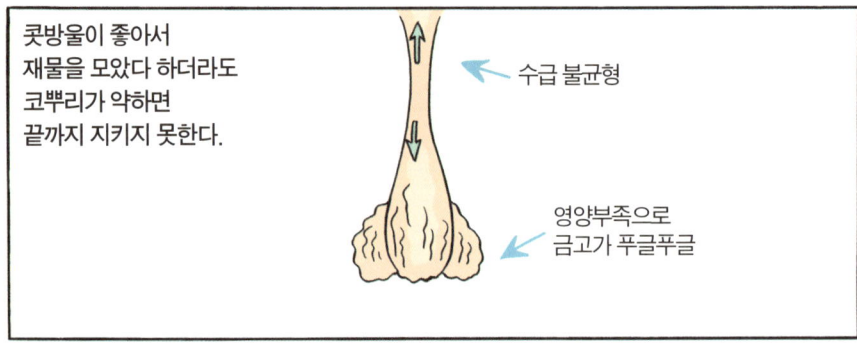

콧방울이 좋아서
재물을 모았다 하더라도
코뿌리가 약하면
끝까지 지키지 못한다.

수급 불균형

영양부족으로
금고가 푸글푸글

코뿌리가 좋으면
대기 속의 좋은 기운을 힘껏 빨아들여
폐에 기를 꽉 채운다.

흐으읍

온몸에 산소 공급이 잘되니
힘이 좋다.

흐읍 흐읍 흐읍

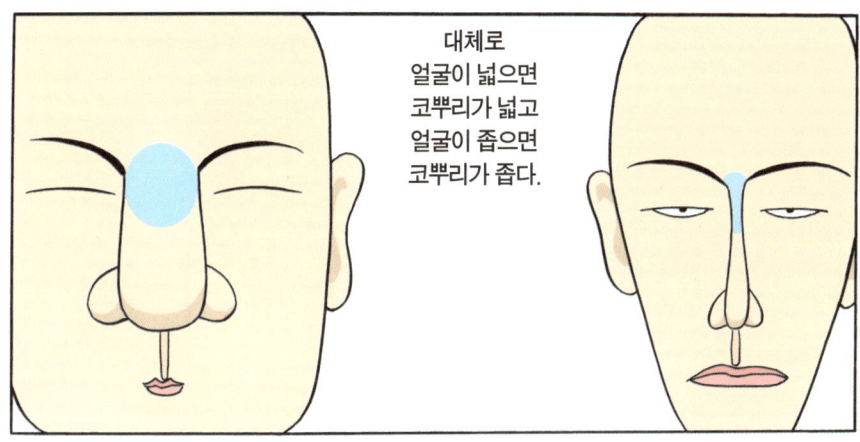

대체로
얼굴이 넓으면
코뿌리가 넓고
얼굴이 좁으면
코뿌리가 좁다.

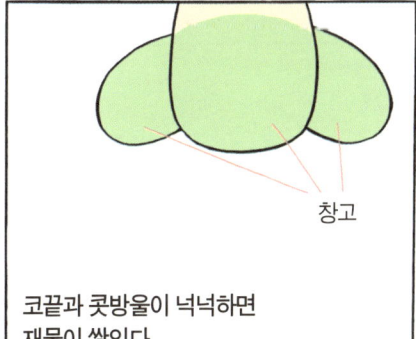

창고

코끝과 콧방울이 넉넉하면
재물이 쌓인다.

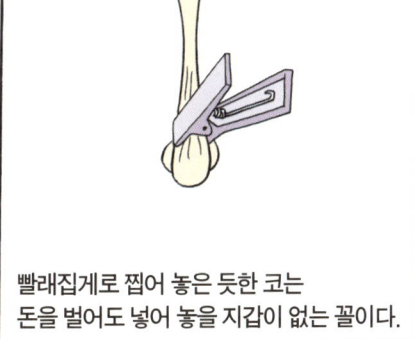

빨래집게로 찝어 놓은 듯한 코는
돈을 벌어도 넣어 놓을 지갑이 없는 꼴이다.

이런 코에게
돈 꿔주지 마라.
빚보증 서지 마라.
크게 후회한다.

안 되겠어요.

이씨,
막 대출 도장 찍을
찰나에 헛소리를!

 ## 천 가지 복을 타고난 부자

한문
안 쓰기로
하셨잖아요.

가급적
안 쓰기로 했지만
재미있는 뜻이
담긴 한문은
얘기할 수밖에.

한문으로는 큰 부자를 얘기할 때
재복이니 뭐니 대신에
'식록천종'이라고 한다.

食祿千鍾

옛날에는 입고 먹는 게
중요했을 터이니
의식, 식록 이렇게 썼는데

衣食　食祿

천종(千鍾)은
술잔이 천 개라는 뜻이다.

의식을 술잔에 비유해서
그만큼 많으니 부자라는 뜻이다.

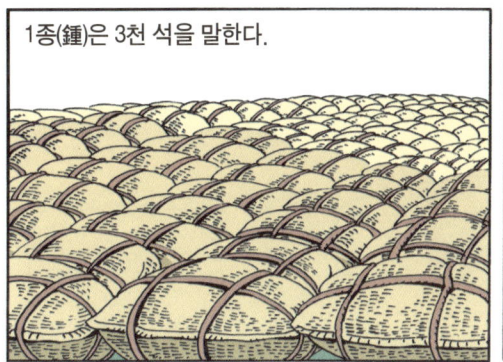

1종(鍾)은 3천 석을 말한다.

천 종이면 얼마야?

우와! 3백만 석!

우리나라는 땅이 좁아서 만석이 부자인데 중국 부자는 3백만 석…

아무리 중국이 넓다지만 3백만 석은 뻥이지. 몇십만 석은 되겠지.

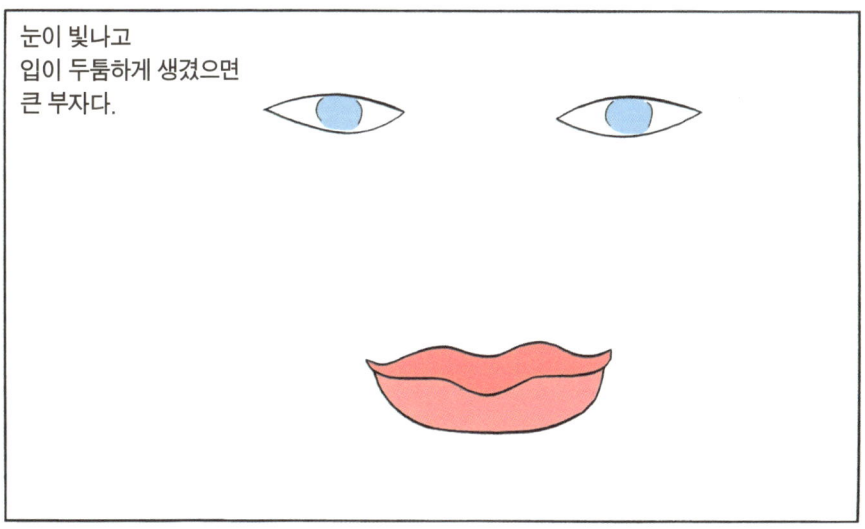

눈이 빛나고 입이 두툼하게 생겼으면 큰 부자다.

눈이 아주 밝게 빛나야 하지만
그 빛이 밖으로 넘치지 않아야 하고

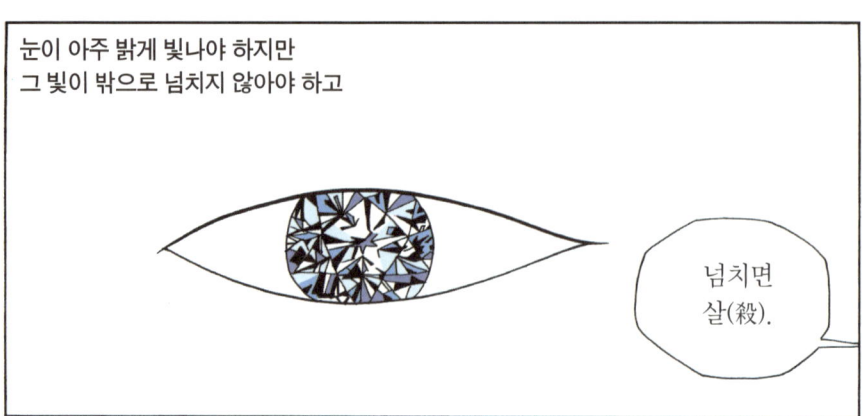

넘치면
살(殺).

백 가지 물길을 다 받아들이는 입은
널찍하고 두툼하게 생겨야 좋다.

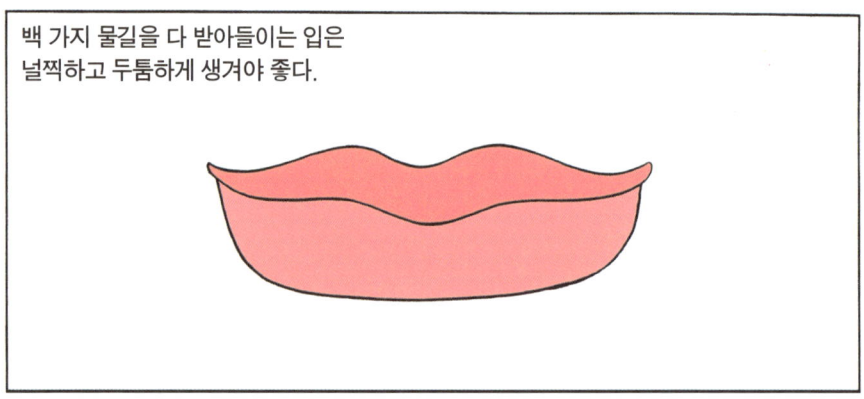

눈은 두 개니까
강이 두 개인 것과 같다.

입은 동서남북의 시냇물과 강물을
다 받아들이는 바다야.
바다에는 물이 넘치지. 물은 재물이고…

수많은 못과 시내가 모여 이룬 한강물을
인천 앞바다가 받아들여 흡수하듯이
입이 넓고 두툼하게 생겨야
많은 재물이 모인다.

눈과 입이 잘생기면
마누라가 바가지를
긁어도 반응하지
않는다.

언제나
질리지 않는
멜로디여~

너는
12시에
들어오면서
나는 안 되냐!

······
······
······!!!

그래도
잘했다고
콱!

잘먹고 잘사는 치아

입도 잘생기고 치아가 고루 반듯하면 공부를 잘해서 학자가 된다.

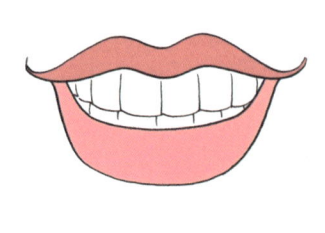

높은 관직에 올라 창고에 곡식이 넘쳐난다.

관직에 앉으면 청렴해서 가난을 끌고 다니는 건데 곡식이 넘쳐난다면 탐관오리 아닙니까?

옛날에는 워낙 먹을 것이 귀해서 살기 어려웠는데 높은 관직을 얻으면 봉급이 넉넉하니까 걱정이 없다 그 말이지.

'넘쳐난다'와 '걱정이 없다'는 다르지 않나요?

공무원도 1급부터 9급까지 있잖아. 1급은 넉넉하고 9급은 넉넉지 않듯이 치아가 아주 좋으면 1급이고 어중간하면 9급이야.

7급. 5급. 3급. 8급. 6급.

저 사람 뭐야?

연예인들 치아를 보면 대부분 가지런하고 건강해 보이잖아요.

그렇지.

그러면 학자가 된다면서요? 그런데 연예인이잖아요.

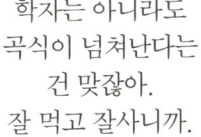

학자는 아니라도 곡식이 넘쳐난다는 건 맞잖아. 잘 먹고 잘사니까.

조금 전에 학자가 된다고 하셨잖아요.

마군, 오… 오늘 왜 그래?

마군이 어리석고
격이 낮은 걸 보면
입이 분명 이렇게
생겼을 것이다.

입술 윤곽이
분명하지 않고 흐릿하지?

입술 색깔이
붉지 못하고 황색이지?

입꼬리가
처졌지?

치아는
재건축해야 할 정도로
뒤죽박죽이지?

또 벗어볼까요?

됐네!

선생님,
우리끼리
한잔 해요.

늘그막까지 식량 걱정 없다

부자들의 귀는 두둑하다.
살은 물이고 돈이다.

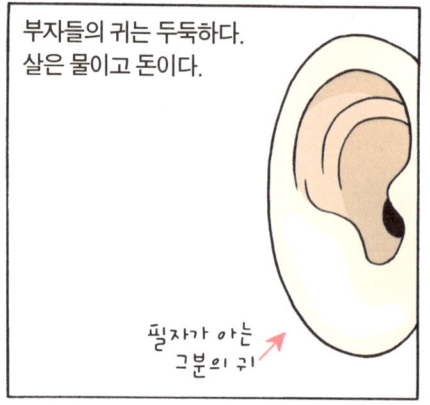

필자가 아는
그분의 귀

귀에서 긴 털이 나오는 자는
오래 산다.

하일성

프로야구

허 형,
나 말이지?

귀에 뚜렷한 점이 있으면
영특한 아들을 둔다.

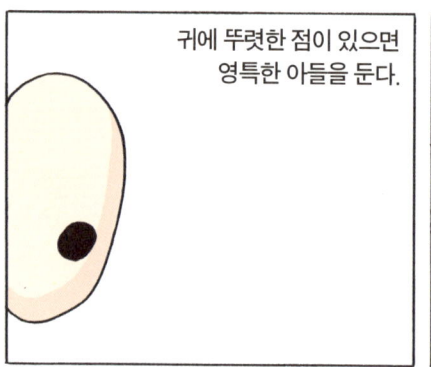

명문이 넓으면
포부가 크다.
오래 산다.

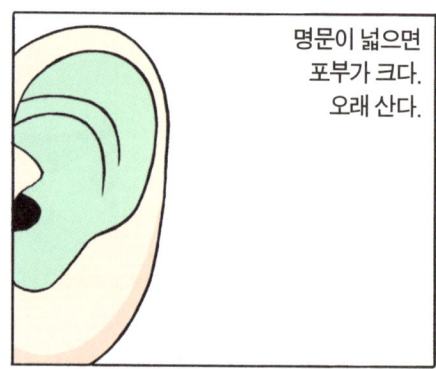

명문이 좁으면 남의 말에 잘 넘어간다.
지혜로운 충고도 받아들일 줄 모른다.

귀가 발그레하게
붉으면
관록이 좋다.

귀 색깔이 좋아지면서
동시에 철이 든다.

귀는 잘생겼든 못생겼든
첫째 조건은 밝아야 한다.

늙어서 귀가 어둡기 시작하면
색깔도 어두워진다.
물기가 빠지는 것이다.

영감, 뭐해?

슥삭
슥삭

내 관 짜는
거여.

검붉은 귀는
빈털터리다.
돈도 안 붙고
건강도 적신호다.

사람들도 멀어진다.
그나마 있던 재산도
날린다.

귀가 앞에서 다 보이면
논밭을 다 잃는다.
들고 있는 화투 패를
다 보여주는 꼴이다.

8광
먹어야지.

8광
먹는대.

뒤집어진 귀는
어리석다.

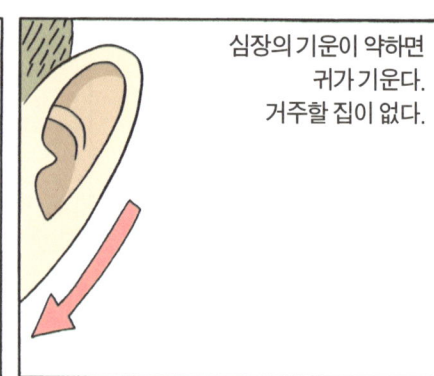

심장의 기운이 약하면
귀가 기운다.
거주할 집이 없다.

귓밥이 입 쪽으로 향하면
좋다고 하셨잖아요?

기운 귀는 귓밥이 가다가
없어져 버리는 것이고
좋은 귀는 두툼한 귓밥이
입으로 향하고 있는 것이지.

이 귀는
늘그막까지
식량 걱정하는 걸
못 봤어. 전부
부자야.

귀가 광명 윤택하면
이름이 널리 퍼진다.

물컹해 보이고
윤기가 없고
거무튀튀하고
메마르고 거칠면
가난하고 박복하고
어리석다.
집안에 먹을 게 없으니
쥐도 없다.

귀가 얼음같이 단단하면
평생 울 일이 없나.

자기,
안 슬퍼?

안 슬퍼!

부자 위의 부자

이분
홍콩에서
기대되는
사업가예요.

어제 너무 마셔서
아직도…

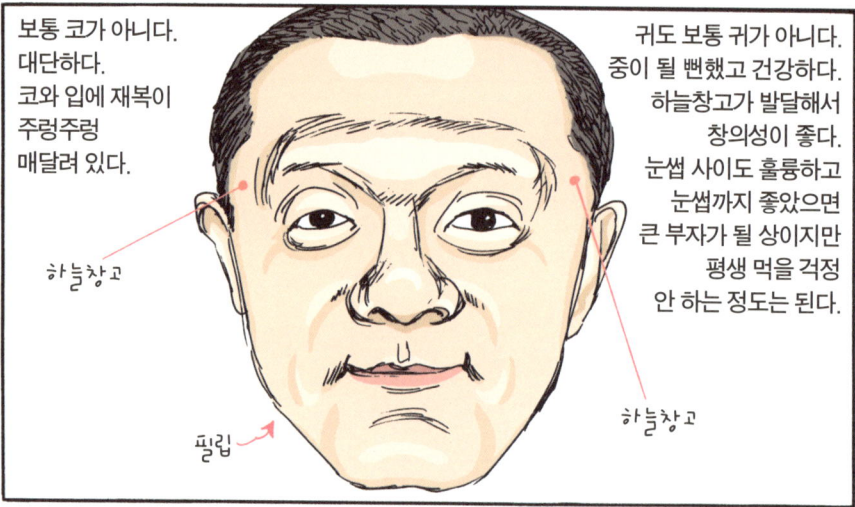

보통 코가 아니다.
대단하다.
코와 입에 재복이
주렁주렁
매달려 있다.

하늘창고

필립

귀도 보통 귀가 아니다.
중이 될 뻔했고 건강하다.
하늘창고가 발달해서
창의성이 좋다.
눈썹 사이도 훌륭하고
눈썹까지 좋았으면
큰 부자가 될 상이지만
평생 먹을 걱정
안 하는 정도는 된다.

하늘창고

이 사람은요?

음…
탁하지만
기운이 왕성해서
부자로 살겠어.

탁해도 부자가
된다고요?

으아암

그럼.
탁한 물도 물이야.
하지만 탁하면
큰 부자는 될 수 없어.

탁 꼴도 부자가 될 수 있지만
부자 위의 부자는
맑고 격이 높다.

격이 낮은 부자는
격이 높은 부자를
쫓아갈 수 없다.

마쓰시타 고노스케.

일본의
최고 경영자다.

부자들은 '억'을 따지지만 부자 중의 부자는
백억, 천억, 조를 따진다.

단순한 경영자가 아니다.
인격이 고매하고
격조가 높은 대인이다.
새까만 눈동자가
초롱초롱 맑다.

눈동자가
까맣지만
맑지 않으면
격이 낮다.

부자는 되지만
재벌은 될 수 없다.

쿠아아
쿠아아

격이 낮으면
작은 돈에 만족한다.

재벌은 현실에 만족하지 않고 미래지향적이다.
그러니 재물도 셀 수 없이 많이 쌓인다.

부자가 재벌이
되겠다고
욕심을 부려도
헛일이다.

재물을 담는 그릇의
크기가 다르다.

 **귀하게 돈 버는 사람, 천하게 돈 버는 사람**

눈썹은 격의 높고
낮음을 본다.

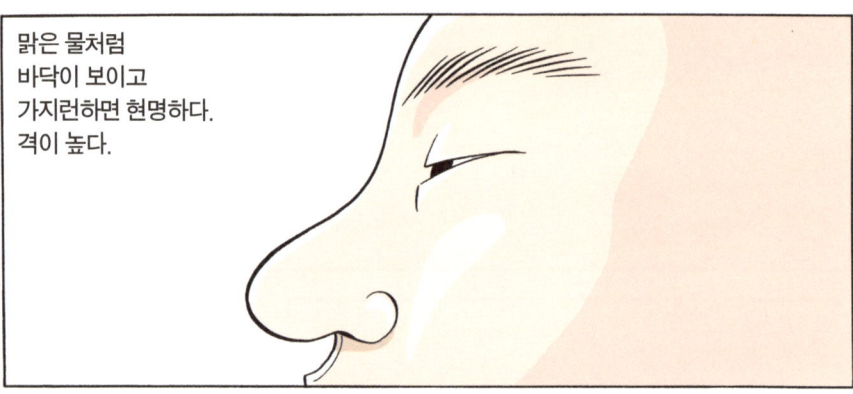

맑은 물처럼
바닥이 보이고
가지런하면 현명하다.
격이 높다.

흐린 진창처럼
바닥이 보이지 않고
빽빽하게 얽혀 있으면
미련하다. 격이 낮다.
천하다.

현명하면
귀하다.

끼니 이을 것이
없으니
밭을 사 주세요.

지금 밭을 팔면
내년에는 더욱
어려울 것 아닙니까.

돈은 그냥
꾸어 드릴 테니
땅문서는 다시
가져가고 여유
생기면 갚으세요.

고맙습니다!

여보,
그 돈 우리 아이
등록금이었는데
꿔 주면 어떡해요?

아이 건강이
좋지 않아
한 해 쉬게 할
참이었어요.

이러면
곳곳에서
칭송을 들으니
더더욱
귀한 몸이 된다.

아이고,
어르신 나오셨습니까?

집안에
별일 없으시죠?

미련하면
천하다.

새끼들이
굶고 있으니
땅을 팔겠소.

아, 뭐… 있는 땅도
처치 곤란인데
또 사서 뭐해요.
안 사요.

여보,
평당
3만 원이면
싼 건데.

기다리면
값 내려서
또 온다.

평당
2만 원에
사 주시오.

가진 돈이
이것밖에 없으니
1만 원에 합시다.

이렇게 돈을 벌지언정
돈이 천한 신분을 바꿔 주지는 않는다.

휘이~
종이 썩는
냄새.

윽!

현명하면
귀한 행동만 하고

미련하면
천한 짓만 한다.

틱

현귀우천(賢貴愚賤)은
확실히 나눠진다.
멋진 방성식이다.

치카
치카

남편 월급봉투 두둑하길 바란다면

오!
몸이 얼굴을
능가하는구나.

『식객』 취재팀장 이호준.
다리가 저려서
오래 앉아 있질 못한다.

**바시락
바시락**

바스락대면
격이 낮은
건데…

몸에 복이 있어서
하는 일이 잘돼.
몸이 좋으니까
처복도 당연히 좋지!

고맙습니다!

고마울 것까지야.
얼굴은 별로라는
얘기신데…

처복 없는 친구한테
이런 말을 해 줘라.

몸뚱이를
키워!

잘 얻어먹질
못하는데
어떻게 키우냐!

잘나갔을 때
몸무게는?

78kg.

지금은?

53kg.

성공한
다이어트죠.

거지로
성공했구만.

!

잘나갈 때 옆에서
이런 말 한 사람 있지?

너 살 좀 빼라.
허리에 맞는
벨트나 있어?

앗!
어떻게 아셨어요?
그 말 때문에 열 받아서
살 뺐지요.

살 뺄 때 허전한
느낌 들지 않았어?

항상
허전했죠.

밥을 굶어서
배가 허전했고 따뜻한
기운이 없어 썰렁했고,
살이 빠져나가듯
다른 것도 빠져나간다는
느낌이었어요.

그게 바로
돈이 빠져나간다는
느낌이었어!

살을 빼라고 말한
그 사람이 배후야!

야, 이 원수야!

!

 **최고의 꼴**

눈은 네 개의 우물 중 하나다.
우물은 깊고 수량이 많을수록
여유가 있고 복이 많다.

깊은 물일수록 물 색깔이 검다.
따라서 눈동자가 검을수록
깊다는 증거다.

튀어나온 눈.
이 눈은 우물이 얕아서
물이 부족하다.

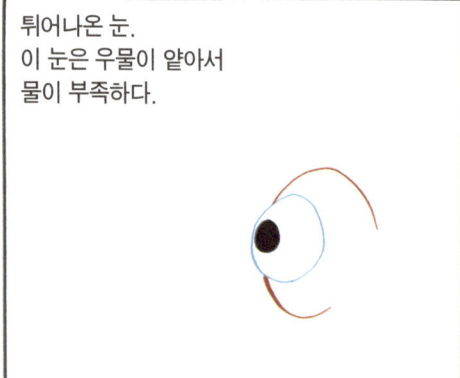

눈은 물결치듯 깊고
길게 뻗어야 한다.

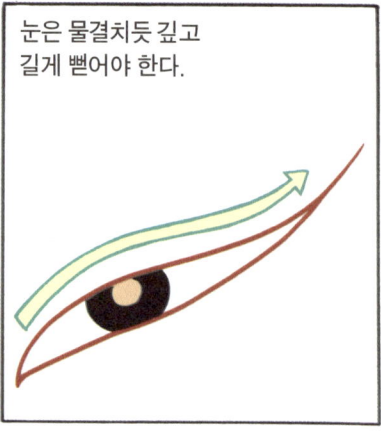

귀가 날카롭게 직선이거나
코가 뾰족한 직선이면 하는 일이 어렵다.

직선은 강하다.
너무 강해서
부드럽지 못하다.

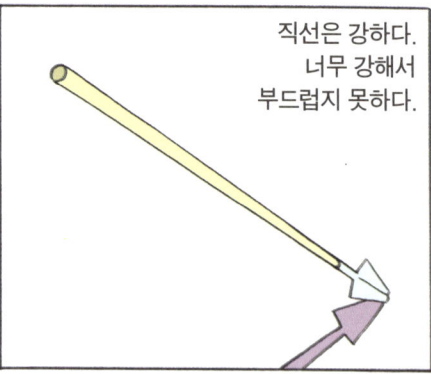

입 역시 네 개의 우물 중 하나다.
역시 부드럽게 생겨야 한다.
너무 작거나 얇지 않아야
우물의 물이 그득하다.

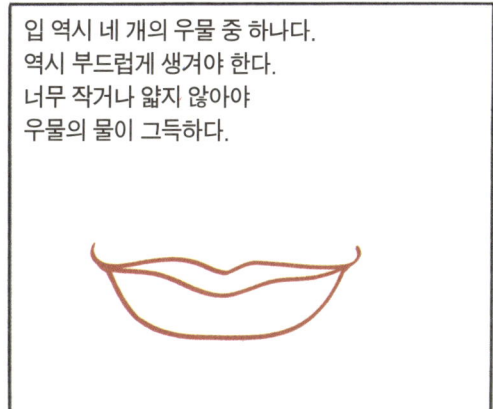

다섯 개의 산이나
네 개의 우물과 얼굴 모양 등을
종합해볼 때
가장 좋은 꼴은 바로…

부처님.

부처님 얼굴은 꼴 공부한 사람이 만들었나요?

물론이지. 대자대비한 그 얼굴이 그냥 나와?

맑고 깊은 물, 이것이 재물이야.

복만 많고 재물이 없으면 그게 무슨 복이야?

복의 첫째 근본은 재물이다. 그 다음이 성공.

조그만 복이 있는 사람은 재물복만 있고

큰 복이 있는 사람은 재물 복에다 사회적인 성공까지 이룬다.

우리가 그런 것까지 알려면 한참 멀었죠?

이제 책표지 넘긴 거야.

천 리 길도 한 걸음부터라고 했지? 우보천리야. 소걸음으로 언제 천 리 가나 싶지만 쉬지 않고 걸으니까 간단 말이야.

산악인 박영석 씨가 그랬다.

1m도 못 되는 걸음으로 아침부터 걸었더니 산을 세 개 넘었어요. 걷는 것이 무서운 거예요.

*우보천리(牛步千里) : 소걸음으로 천 리를 간다는 말.

98

마음을
읽다

얼굴보다 몸, 몸보다 눈빛

몸은 피를 머금고 있고	피는 기운을 기르고	기운은 빛을 만든다.
血	氣	神

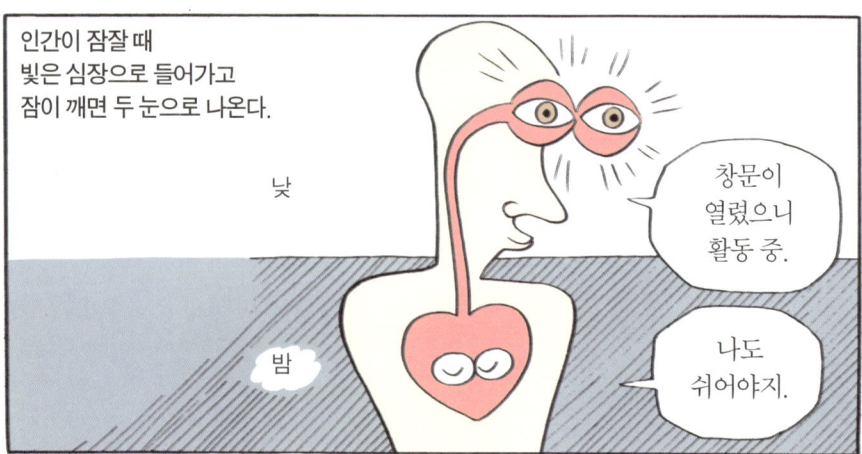

사람이 흐리멍덩하면
눈을 보고 알 수 있지?

마군은 빼고.

반대로
눈이 초롱초롱 빛나면
똑똑해 보이잖아.

눈빛 하나로
꼴을 볼 수 있다.

마군 눈은
볼 수 없으니…

제 꼴만
보지 마세요.

눈이 밝으면 정신도 맑고
격이 높다. 잠이 적다.

눈이 어두우면 정신이 흐리고
격이 낮다. 잠이 많다.

잠의 많고 적음으로
격을 알 수 있다.

허구한 날 잠만 자니
머리에 뭐가 들었겠어.

빛은
눈에 머물러야
귀하다.

빛이 눈 밖으로 나오면 지혜가 흩어져서
정신 빠진 일을 한다.

9땡!

몸의 모양이
다소
부족하더라도
눈빛이 밝으면
격이 높다.
화창한 날씨다.

몸의 모양이 좋아도
눈빛이 흐리면
복을 넉넉히 받지 못한다.
흐린 날씨다.

그래서 눈빛이
매우 중요해!

왜…
왜 이래?

SHARKS

고정란 씨
눈초리가
수상해!

눈이 긴 사람은 못 당한다

10분

20분

30분…

……

아이고!
바둑 한 수 두는데 이렇게 오래
생각하냐? 기다리다 지쳤다!

A, B 두 사람은
바둑계에서 알아주는
팽팽한 실력들이다.

혹자는 A쪽의 실력이
한 수 위라는 평도
한다.

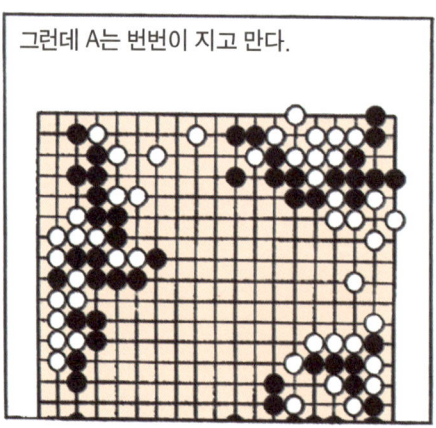

그런데 A는 번번이 지고 만다.

이유는 눈에 있다.

B는 눈이 가늘고 길다.
모든 일을 급히 결정하는 일이 없다.
생각하고 또 생각해서
있는 지혜를 총동원한다.

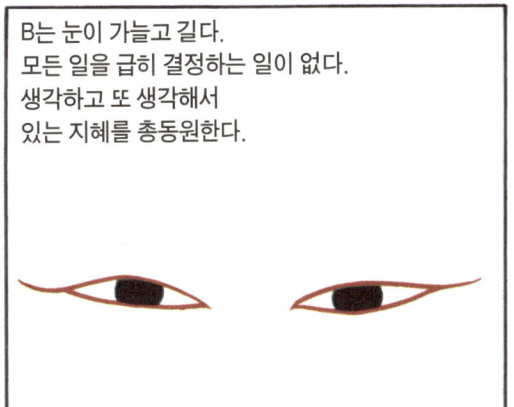

A는 눈이 짧다.
순발력이 좋다.
순발력이 좋다는 것은
머리가 좋다는 증거지만
모든 일을 즉각즉각
결정하고, 기다리지 못한다.

눈은 가늘고 길어야 귀하다. 강물이 흘러흘리 압록강 8백 리가 아니라
양자강 6천 리까지 흘러갈 수 있게 길어야 한다.

그렇지만
그런 눈보다는
요런 눈이
예쁘잖아요.

둥구 것은
짧게 보여!

짧은 눈은 백 리는커녕
십 리도 흐르지 못하지.
총명하지도 귀하지도 않아.

예쁜 탤런트나 배우들 전부 이런 눈인데요?

이름 날리고 돈도 많이 벌고요. 그런 게 복 있는 거 아니에요?

돈 많이 번다고 복 있고 귀한 것인 줄 알아?

부자도 천한 꼴이 얼마나 많은데!

예쁜 것은 젊었을 때 잠깐이고, 현명하고 귀한 것은 평생 가는데 어떤 쪽을 택하고 싶어?

예쁜 것이요!

정말 짧은 눈 값 하는구나. 덕분에 선생님이 화나셔서 수업 끝내버렸잖아!

아무리 그래도 그렇지.

기분도 꿀꿀한데 자기, 오늘 어디 가서 한잔 하자.

싫어! 눈 짧은 여자랑 안 마셔!

게다가 눈이 맑지도 않아.
그러면 머리가 둔하다고 했어.

뭐든 제대로
되는 일이 없어.
회사를 들어갔다
그만뒀다를 반복하고
연애도 시원찮아.

앗! 앗!
내 비밀을!

눈이라는 것은
너무 크지도 않아야 하고
너무 작지도 않아야 한댔어.

너무 크면 허전해 보이고
너무 작으면 답답해
보이잖아.

눈이
나 정도는
돼야지.

그 눈
언제 보여준 적
있어?

윽!

안 보여줘도
자기 눈 꼴을
대충 알 것
같아.

여자를 앞에 두고
갈구는 걸 보면
분명 전한 눈이지!

윽!

지혜의 근본

큰 벼슬을
두루 거친 선생은
공부를 어떻게
하셨소?

저기 도톰한 언덕에 앉아서
공부를 했더니 머리에 쏙쏙
들어오더라고요.

여기는…

양쪽에
나무도 있네요.

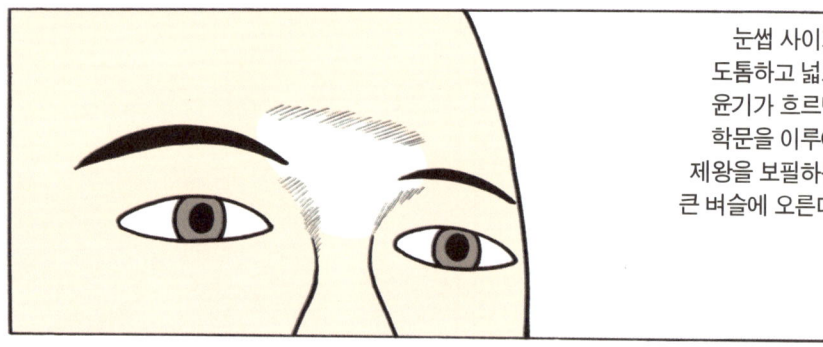

눈썹 사이가
도톰하고 넓고
윤기가 흐르면
학문을 이루어
제왕을 보필하는
큰 벼슬에 오른다.

지혜는 잘생긴
눈썹 사이에서 나온다.

몸이
천 냥이면
눈이 9백 냥
이랬지?

그만큼
눈이 중요한
거잖아.

그런데
그 눈 이전에 봐야 힐 곳이
눈썹 사이야!

눈이 최고랬다가
이센 눈썹 사이…
부위별로 점수를
매겨야 할까 봐요.

꼴 보기가 그렇게
간단하지 않아!

전부 연결되어 있는데
어떻게 끊어서
점수를 매기겠어?

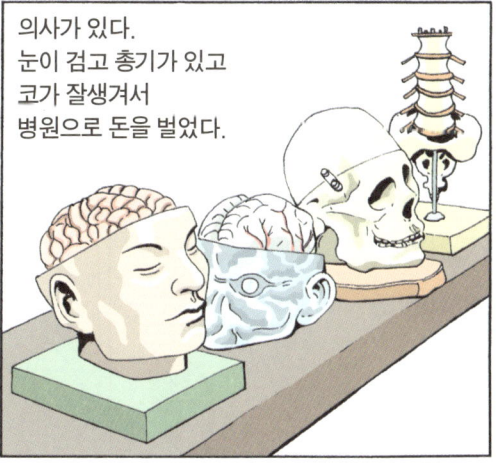

의사가 있다.
눈이 검고 총기가 있고
코가 잘생겨서
병원으로 돈을 벌었다.

그런데 다른 사업을
무리하게 하다가 폭삭 망하고
남의 병원에서 고용살이를 한다.

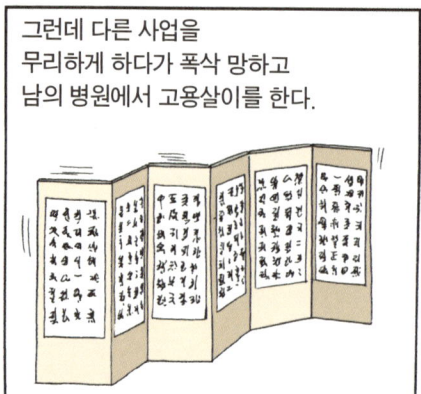

눈썹 사이가 시원찮아서
지혜가 부족해
과욕으로 망한 것이다.

병풍과 사업은
너무 펼치면
넘어진다.

폭삭

귀와 눈썹 사이에서
생긴 지혜가
눈의 총기로
나타난다.

즉, 눈 이전에
귀와 눈썹 사이가
지혜의 근본이다.

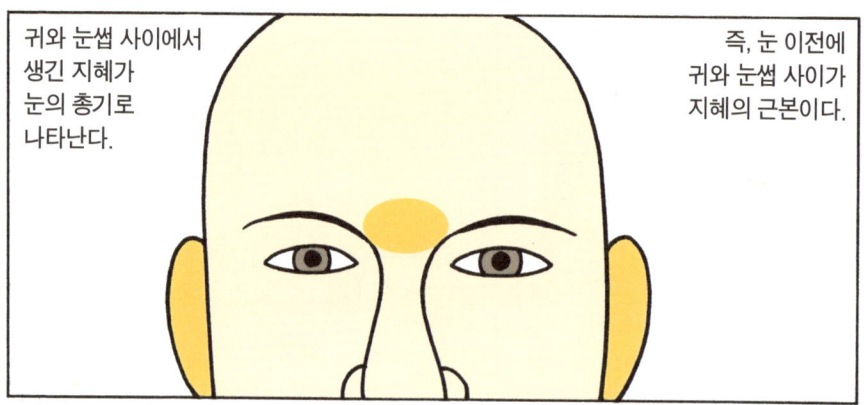

눈썹 사이는
모든 운명을 바라보는 곳이야.
그만큼 중요하지!

선생님은
다 중요하다고
하시잖아요.

눈썹 사이는
많이 떨어져
있을수록
좋은가요?

이건 너무 넓구만.
조화가 안 맞아.
맹하잖아.

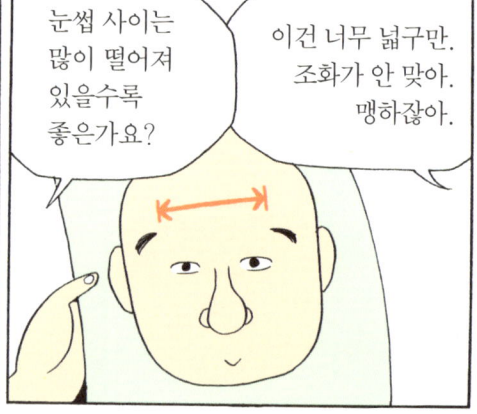

붙어 있으면
미련하고

약간만 좁아도
답답하다.

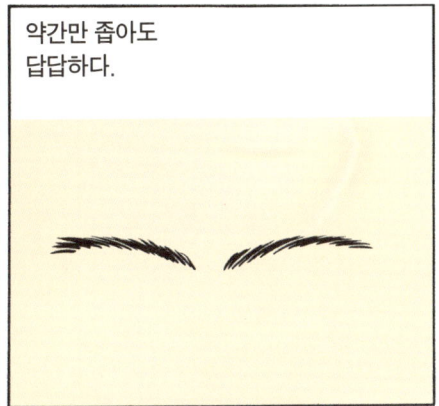

손가락 2개
넓이면
좋다.

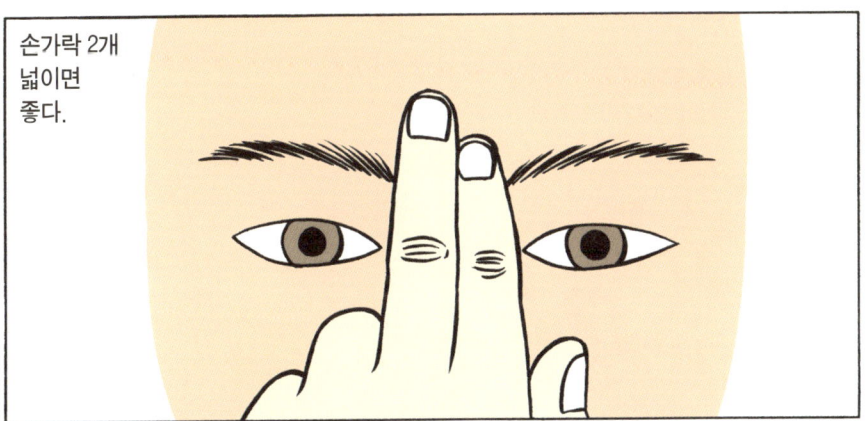

나군은 눈썹 사이를
어떻게 보지?
벗지 않고서는
볼 수 없을 텐데…

왜 벗어요?

이러면
알 수 있는 걸요.

윽!

속마음을 헤아리는 어려움

결국 꼴 공부는
다른 방향으로
가고 말았다.

버들잎눈썹

↓

음즐문

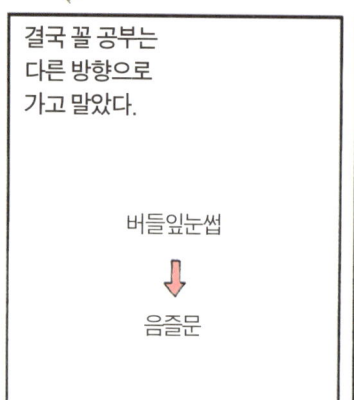

얼굴은 제대로 생겼는데
어딜 봐야 속마음을
알 수 있을까?

눈이죠.

그렇지!
눈은 마음의
싹이야!

이제 공부한
티가 나는군.

탁

♪

안악심악(眼惡心惡)
안수심수(眼秀心秀)란
말이 있어.

눈이 나쁘면
마음도 나쁘고
눈이 좋으면
마음도 좋다.

그러나 눈은
현명하고 어리석고
착하고 악한 정도밖에
볼 수 없어.

한계가
있군요.

꼴을 볼 때 가장 분간하기 어려운 것은 이 사람이 얼마큼 덕을 가지고 많은 사람에게 베풀 것인가 하는 속마음을 헤아리는 거야. 덕을 보는 거지.

떡...

인상은 좋은데 차 한잔 안 사고, 하는 행동이 쪼잔하기 짝이 없는 자가 있고

30분 동안 주물럭거리는 중

우락부락하게 깍두기처럼 생겼는데 마음이 비단 같고 베풀기를 좋아하는 자가 있다.

!

겉을 봐서는 짐작하기 어려울 때 바로 음즐궁을 봐라!

아!

헉헉. 오늘 내 마음 깊숙이 감춰 놓은 꼴 비법 하나 꺼냈다.

좀 베푸세요!

음즐궁은 눈 밑두덩 1cm쯤
아래 보일 듯 말 듯 숨어 있다.

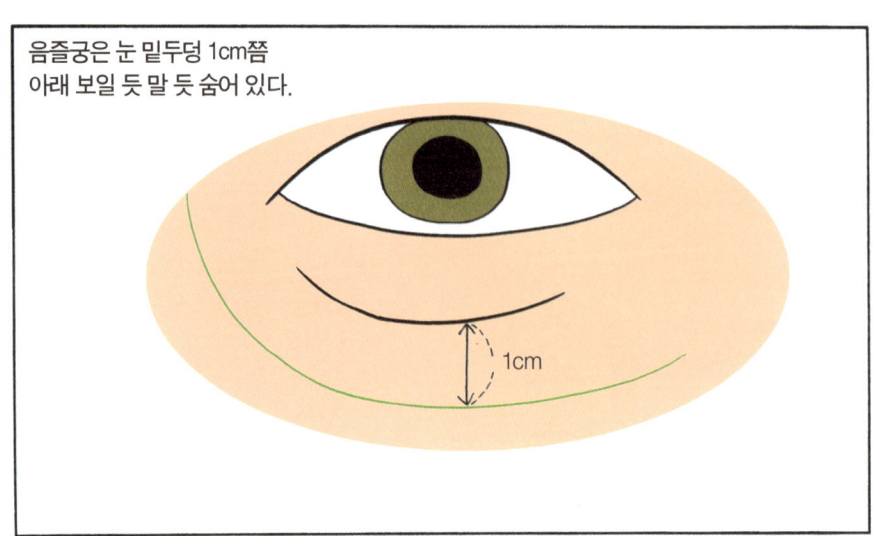

1cm

여성이
이런 주름이
있으면 좋나요?

나이 들어
보일 것
같은데.

여성은 좋은
아기를 낳지!
마음 보따리가
좋으니 당연히
지혜로운 아들을
두는 거지!

마음 보따리가 좋지 않으면
자식도 그 마음 보따리를
가지고 태어난다.

유학 보내서
박사 만들기 이전에
선을 베푸는 덕을
쌓는 것이 기본이다.

덕 德

: 밝고, 옳고, 크고, 착하고,
아름답고, 따스하고,
부드러운 마음씨나 행동.

덕을 베푸는 방법도
두 가지가 있다.

양덕 陽德
음덕 陰德

수재의연금을 모을 때
여러 신문사에 돈을 쪼개 내면서
자신을 내보이는 것은 양덕.

익명으로 기부금을 내서
나 말고는 아는 자가 없게
베푸는 것은 음덕.

양덕은 신발 벗고
쫓아가도 음덕을 따라가지 못한다.

이 세상에서 가장 많은
음덕을 베푸는 사람은 어머니다.

마음이 아름답고 현명한 입술

입은 바다라고 했잖아요.
바다는 물인데
왜 붉어야 하죠?

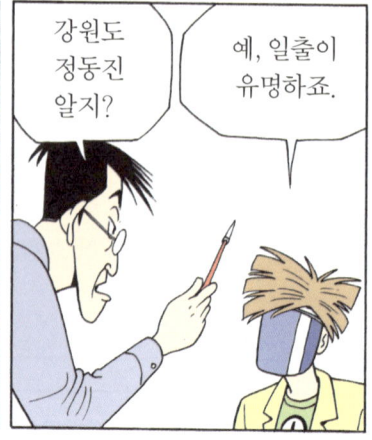

강원도
정동진
알지?

예, 일출이
유명하죠.

정동진 앞바다에서
해가 솟아오른다.

물과 불이
함께 어울려
멋진 광경이
펼쳐지지.

그래서
입술이 붉어야
한다고요?
허참.

허참은
방송국에 있어.
계속 들어봐.

입술은 바다다.

침이지!

우리의
붉은 심장은
입술과
연결돼 있다.

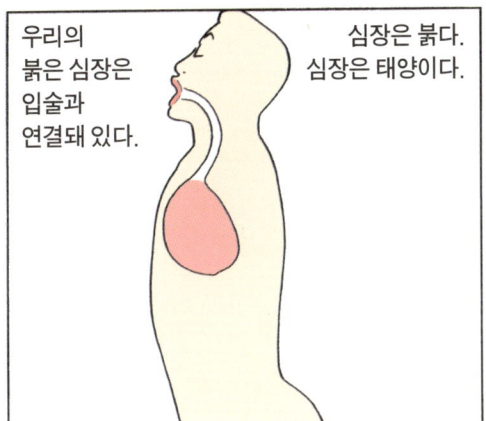

심장은 붉다.
심장은 태양이다.

바다와 태양이
공존하는 곳이
입술이다.

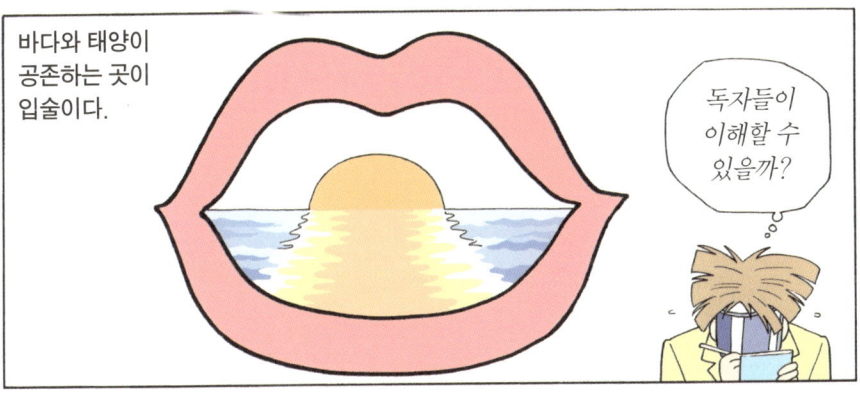

독자들이
이해할 수
있을까?

공존이란 뭐지?
50 대 50의 비율로 똑같이
존재한다는
의미잖아.

바다와 태양이
공존해서
입술이 밝으면
마음이 아름답고
현명하다.

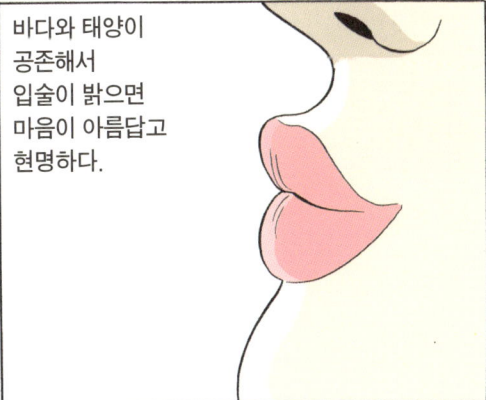

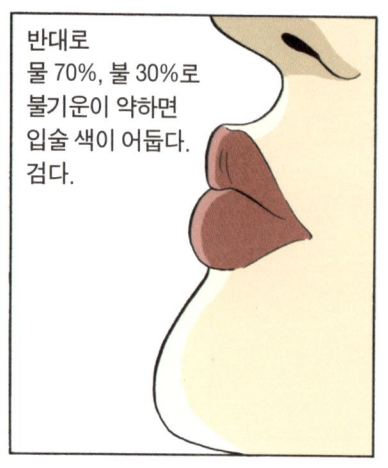

반대로
물 70%, 불 30%로
불기운이 약하면
입술 색이 어둡다.
검다.

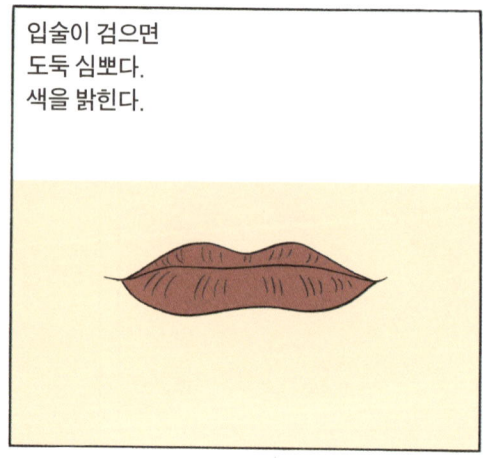

입술이 검으면
도둑 심뽀다.
색을 밝힌다.

미국 대선 후보
오바마 입술은
굉장히 검은데?

그건
흑인의 기준으로
어둡냐 밝냐를
따져야 해!

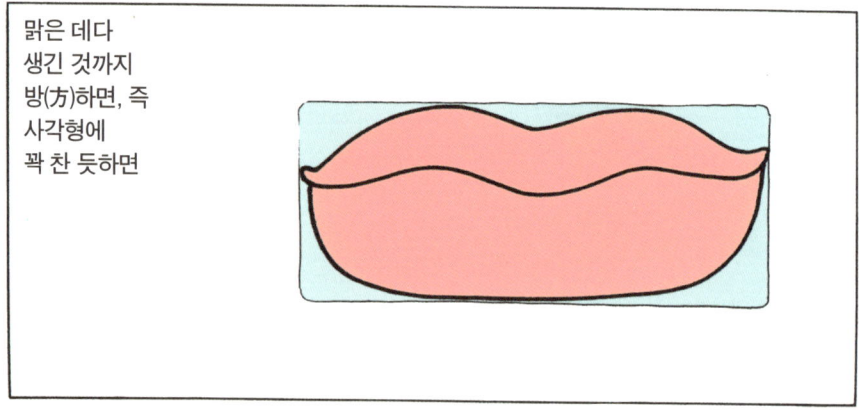

맑은 데다
생긴 것까지
방(方)하면, 즉
사각형에
꽉 찬 듯하면

높은 벼슬을 갖는다.
영의정, 우의정, 좌의정이
다 내 것이다.

제일 큰 벼슬이면
왕일 텐데
왜 왕은 빼고
말하죠?

요즘에야
말을 막 배운
아이도 대통령
되겠다 하지만
옛날에야
입 밖으로
꺼낼 말이
아니지.

그랬다간 왕 자리를
노린다고 씨를 말려
버렸다고!

휙
휙

크흐흐흐.

입술이 너무
잘생겼으면 오므리고
살아야겠어요.

우물에서 인심난다

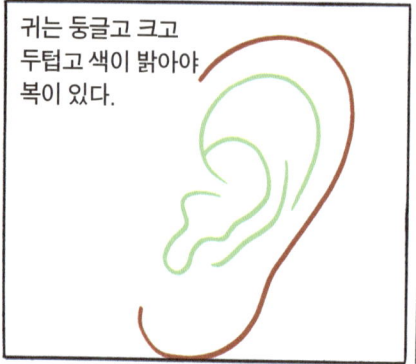

귀는 둥글고 크고
두텁고 색이 밝아야
복이 있다.

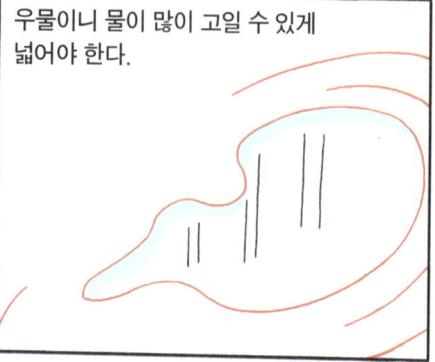

우물이니 물이 많이 고일 수 있게
넓어야 한다.

물이 많으면
인자하다.

몰래 퍼가지 말고
양동이 가져와서
퍼가.

목마르지?
물 마서.

구멍이 작으면
인심 사납다.

나 마실 물도
없는데 어딜!

귀가 뾰족하면
사납고 박정하다.

오기만 해봐!

넓고 깊은 우물도 축대를 쌓고 쌓아야
물이 새지 않는다.

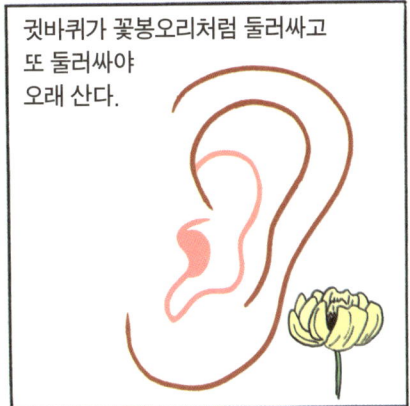

귓바퀴가 꽃봉오리처럼 둘러싸고
또 둘러싸야
오래 산다.

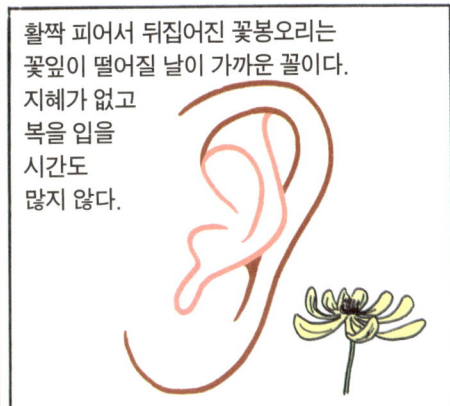

활짝 피어서 뒤집어진 꽃봉오리는
꽃잎이 떨어질 날이 가까운 꼴이다.
지혜가 없고
복을 입을
시간도
많지 않다.

귀 잘생긴 걸인은 있어도
코 잘생긴 걸인은 없다고 했다.

그럼
나는 왜 이래?

술독 때문에
코가
부은 거지!

노년의 귀를 보고
판단하기는 어렵다.

귀는 나이와 관계없이
계속 자란다고 했다.

지혜가 없으면
남에게 당하기만 한다.

귀는 신장과
연결된다.

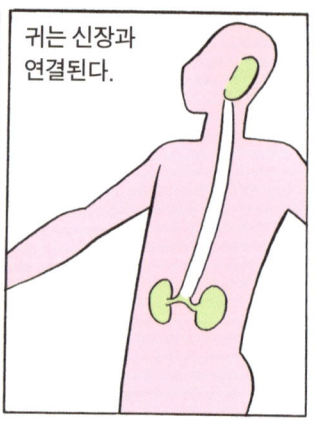

그래서
귀는
정력의
상징이다.

나 요즘
마누라한테
대접받고
살아!

난 동창회
간다니까
만 원 주더라.

목숨을 맡은 곳이 귀에 있다.

수명문

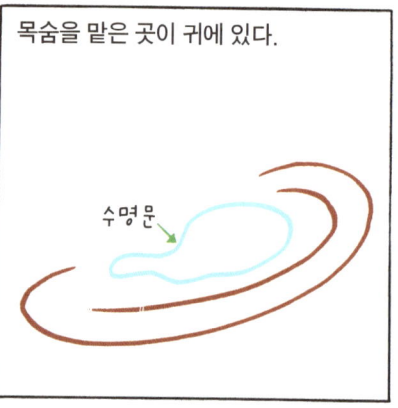

귀는 꽃봉오리 모양 같고 수명문이 크고
살이 두텁고 색이 깨끗하고 밝아야
부인에게 대접받고 지혜로우며
오래 산다.

태… 택시.

선생님,
이제 댁에
돌아가셔야죠.

이제
11시밖에
안 됐잖아!

학문을
이루다

공부를 잘하고 학문을 이룬다

눈썹 사이가
깨끗하지 않으면
학문을 이루지 못하고
재복이 없다.

상욱아!
같이 놀자!

바늘을 매달아
놓은 듯한 주름.

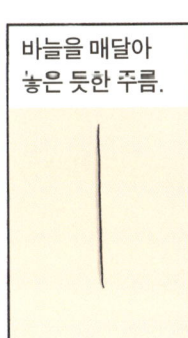

수두 자국.

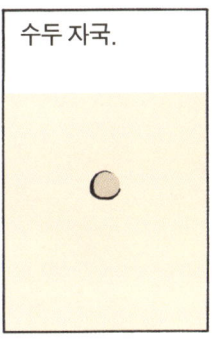

점.

어지러운 주름.

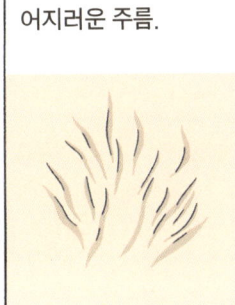

모두 나빠!

눈썹 사이는 둥글고
깨끗하고 좁지 않고
은빛처럼 빛나야 학문을 이루고
재복이 있다.

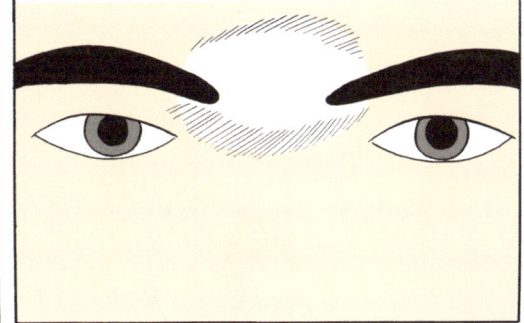

다른 곳이 좋아서
재복이 있다 해도
눈썹 사이에 흠이 있으면
지혜가 부족하기 때문에
그 재복을 깎아먹는다.

제 친구가
바늘 주름이
눈썹 사이에 있는데
변호사가 됐어요.

바늘 주름은 분명
학문을 이루지
못한다지만
집념은 무섭고.

그렇다고
집념 가지고
변호사는
될 수 없지.

출세를 보는 이마가 좋든지
다른 곳이 좋아서
영향을 받았을 거야.

항상
피할 구멍은
마련하셔.

눈썹 사이가
둥글면
격이 높지.

눈썹 사이가
잘생긴
악질도
있던데요.

꼭 그런 것이
아니고 대체로
그렇다니까.
그런 예는
따로
공부해야 해.

또…

그런 운명을 타고나면 나이가 어려도 주름이 나타나나요?

그럼.

주름은 보이면서부터 영향을 미친다.

나이 들어 눈썹 사이에 주름이 많이 생긴 건요?

그런 주름도 좋은 주름이 있고 나쁜 주름이 있어.

이런 거.

또 눈썹 사이가 하얗게 뜨고 밝지 않으면 부모가 큰일을 당할 수 있어.

!

엄마, 오늘 나가지 미!

아버지는 전화를 안 받으시는데 어디 가신 거야?

마군 눈썹 사이가 하얀가 보지?

학문의 마지막 결정판

배움의 학당이란 말 들어봤지?

학당이란 학교야.

사람 얼굴에도 학당이 열두 개 있어.

......

귀, 눈썹 사이, 눈, 눈썹, 치아, 혀, 입술, 이마, 두각.

전부네.

그만큼 배우는 것이 중요해서일까?

귀도 학당이고 입도 학당이야.

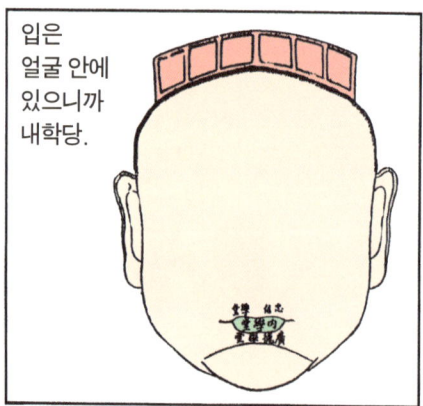

입은 얼굴 안에 있으니까 내학당.

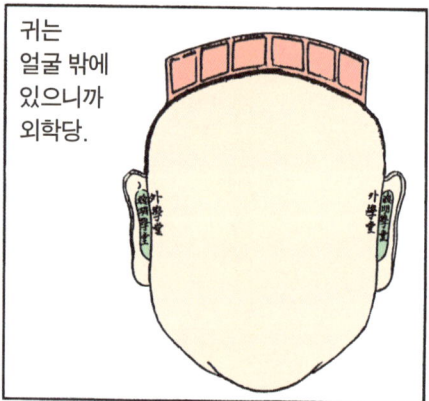

귀는 얼굴 밖에 있으니까 외학당.

귀가 아무리
잘생겨도
입이 못생기면
학문을 끝내지
못한다.

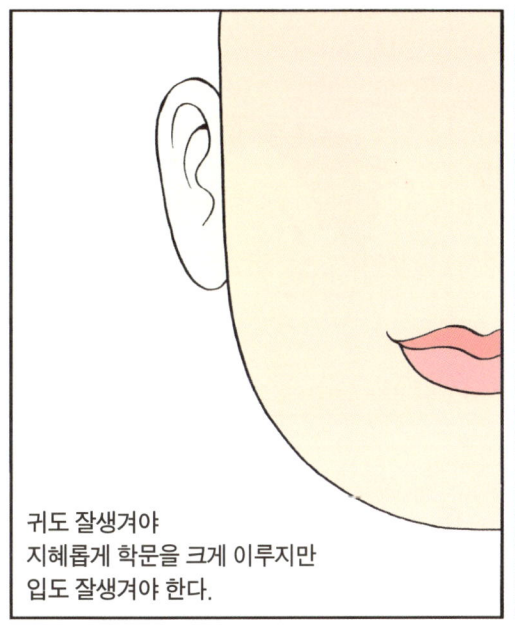

귀도 잘생겨야
지혜롭게 학문을 크게 이루지만
입도 잘생겨야 한다.

학문의 마지막 종결판은 입이다.
입이 귀하게 생긴 사람은
학문을 크게 이룬다.

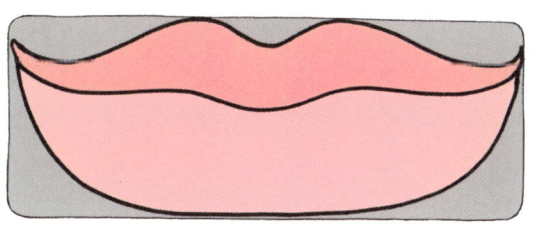

사각에 꽉 찬 듯 두툼하고
입꼬리가 올라가야 귀한 꼴이다.
큰 부자 중에 이런 입술이 많다.

방(方)하고 두툼한 것이 최고라고? 나 정도면 어때?

루즈 값 많이 들겠다.

나는?

입이 어디 있어?

입이 귀하면 총명하여 학문을 이루고 학자가 된다. 공부를 많이 했으니 큰 벼슬에 오른다.

고시 패스 아니면 끝장이다. 이제 딸아서 댈 논밭도 없다.

입 좀 보여주세요.

7수 다음은 ↓

입이 귀하지 않으면 노력을 해도 성과가 없다.

씨이, 하면 된다는 말 몰라?

귀한 신분을 얻는다

천이(遷移).
벼슬을 해서
옮긴다는 뜻이다.

눈썹 끝에 있는
하늘창고가 천이궁이다.
하늘창고는 타고난 복이다.

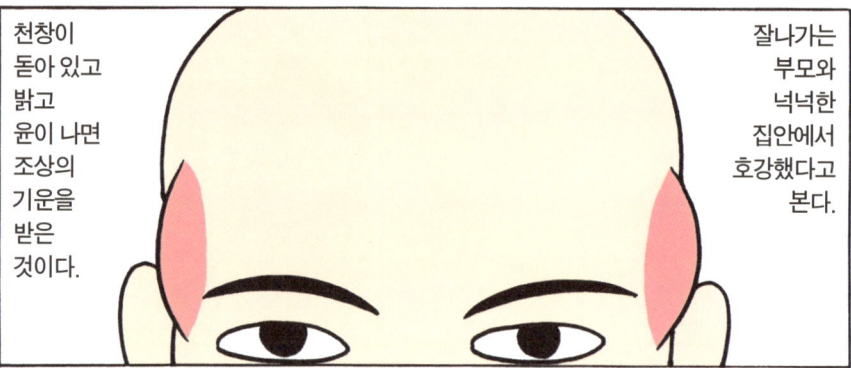

천창이
돋아 있고
밝고
윤이 나면
조상의
기운을
받은
것이다.

잘나가는
부모와
넉넉한
집안에서
호강했다고
본다.

머리카락이 천이궁을
누르고 있으면
어려운 집안 출신이다.
부모덕이 없으니
공부를 제대로
하지 못했다.

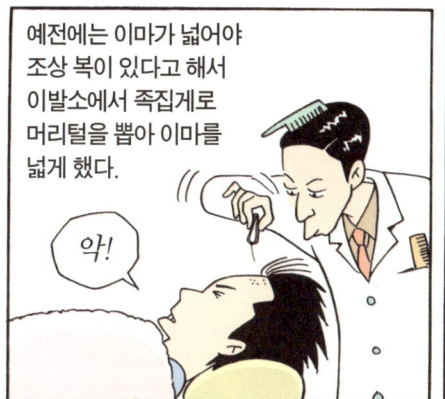

예전에는 이마가 넓어야
조상 복이 있다고 해서
이발소에서 족집게로
머리털을 뽑아 이마를
넓게 했다.

악!

여성들도 실을 꼬아
털을 뽑아냈다.

삑

악!

타고난 복인데
털을 뽑는다고 달라지나요?

운명이 바뀌는 것은
아니야, 다소
예방이 될 뿐!

하늘창고가 좋으면
평안 감사가 되어
평양성에 입성한다.

물렀거라!

수많은 관속들이
나와서 영접한다.

색색의 옷을 입은 기생들이
미태를 자랑하고
맛있는 음식과 함께
세월 가는 줄 모른다.

높은 벼슬을 얻어 귀한 신분으로
전라도로 충청도로 경상도로
전국을 누빈다.

당장 저것으로
바꿔라!

134

고위직 관료, 하위직 관료

눈은 관록이다.

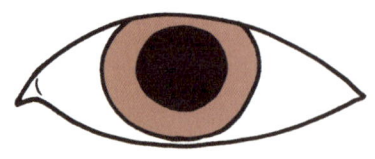

官祿.
벼슬아치에게 주던 봉급이라는 뜻인데
고위직 공무원, 즉 성공했다는 뜻이다.
옛날이나 지금이나 고위 공무원이 되면
밥걱정 안 하니까.

관록을 먹으려면
이마가 잘생겨야
한다고 하셨는데?

착각하신 것
아니에요?

이마는 관록을 보지.
허나 이마가 잘생겼어도
눈이 시원찮으면
관록을 제대로 먹을 수 없어.

이마만 좋으면
하급 공무원.

눈과 이마가
좋으면
고위직
공무원이
된다.

관록은
눈이 첫째고
이마가 둘째다.

이랬다
저랬다…

독자들에게 어떻게
설명해야 돼?

얼굴에 이마밖에
없나? 세상살이가
혼자 사는 것이
아니고 여럿이
어울려 사는 것이듯
얼굴에도 눈, 코, 입
다 있잖아.

서로
상관관계가
있는 거라고.

이마는 관록이지만, 관록을 얻기까지
힘이 되는 백그라운드까지 살펴야 한다.

머리가 좋고, 지혜가 있어야
고위직을 얻는 것이지
무식한 자가 이마만 좋다고
갑자기 고위 관료가 되는 것이 아니다.

이것 봐라.
새 옷 찢어진다!

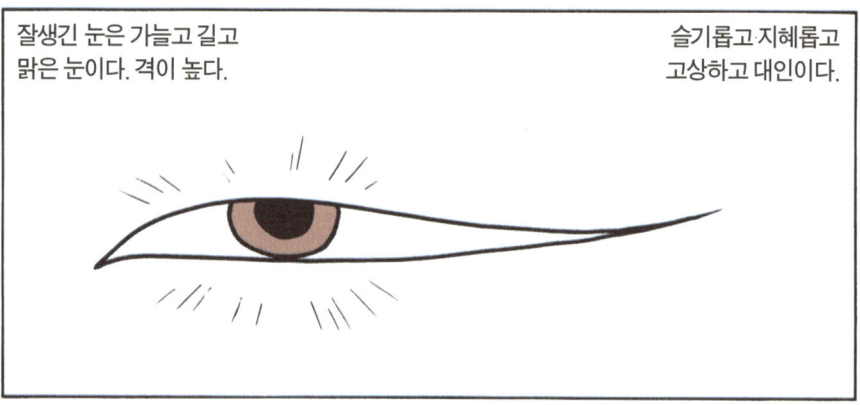

잘생긴 눈은 가늘고 길고
맑은 눈이다. 격이 높다.

슬기롭고·지혜롭고
고상하고 대인이다.

길지만 폭이 넓으면
격이 낮고 사납다.

길지만 눈꼬리가 활처럼 올라가지 않고
칼처럼 일자 모양이면 무난하지 않다.

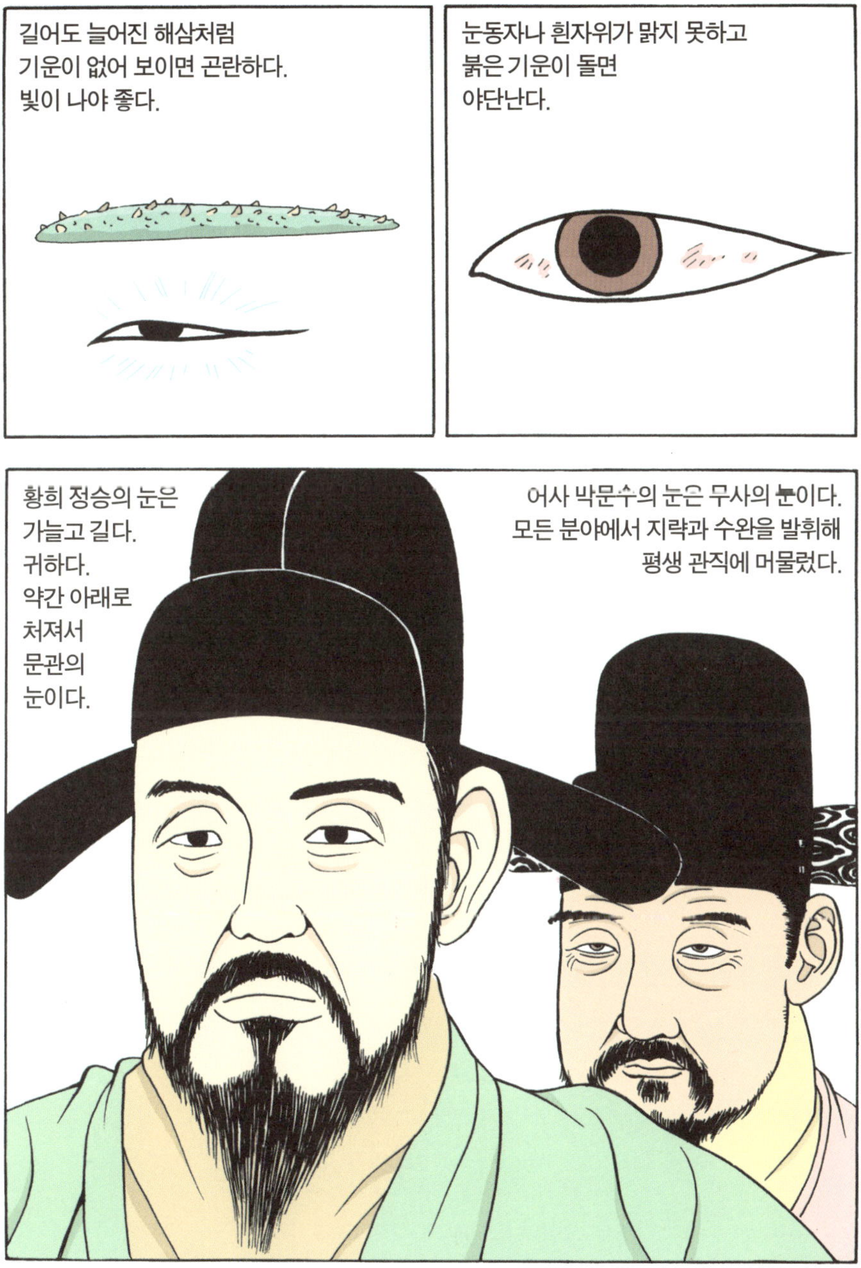

길어도 늘어진 해삼처럼
기운이 없어 보이면 곤란하다.
빛이 나야 좋다.

눈동자나 흰자위가 맑지 못하고
붉은 기운이 돌면
야단난다.

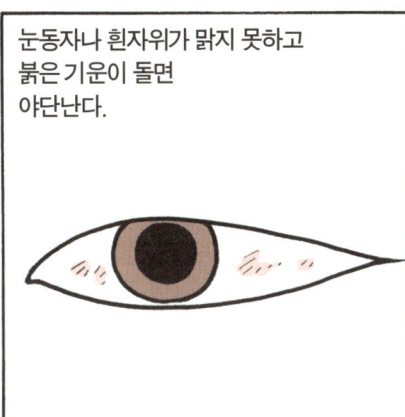

황희 정승의 눈은
가늘고 길다.
귀하다.
약간 아래로
처져서
문관의
눈이다.

어사 박문수의 눈은 무사의 눈이다.
모든 분야에서 지략과 수완을 발휘해
평생 관직에 머물렀다.

성공의
지도

잘되는 회사 사장의 조건

노복궁은
턱으로 본다.

위턱으로 본다고 하지만
턱 전체를 보는 것이 맞다.

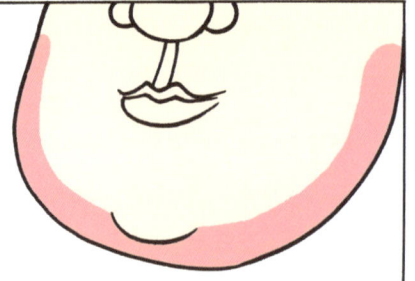

노복은
부하를 말한다.

奴僕

노복궁은 좌우에서
얼마나 많은 사람들이
나를 도와주는가를
본다.

턱이
코를 둘러싸고
돕는 꼴이다.

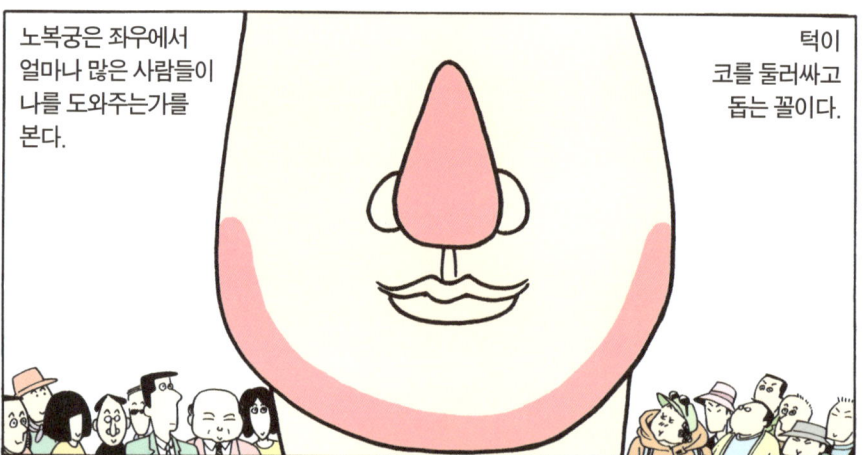

잘되는 회사를
운영하는 사람들은
모두 이렇게 말한다.

회사의 1등 재산이요?
직원들이죠.
직원들이 있었기에
오늘날 회사가 있죠.

장군이 공을 세우고
혼자 다 한 것처럼
얘기하면
죽을 고생을 한
병사들이
기분 좋겠어?

나쁘죠.

칭기즈칸은 전쟁에서 얻은 전리품을
골고루 나누도록 했다.

회사 같으면 직원들에게
부너스를 두둑하게
준 셈이다.

그러니
칭기즈칸을
가운데 두고
어마어마한 군대가
움직였다.

턱이 후덕한 사람은
씀씀이가 좋아서
사람들이 모인다.

아가씨 같은
미인은
처음 본다.

정말요?

부드럽고
원만하고
직설적으로
말하지 않고
상대에게
상처를 주지
않는다.

그러니
내 편이 많다.
적을 만들지
않는다.

주방장님,
3번 테이블
최고로 맛있게
올리세요!

음골(陰骨)이 많아서
자기표현에 솔직하지 않다.

굿샷!

부웅

얘는
너무 심해.

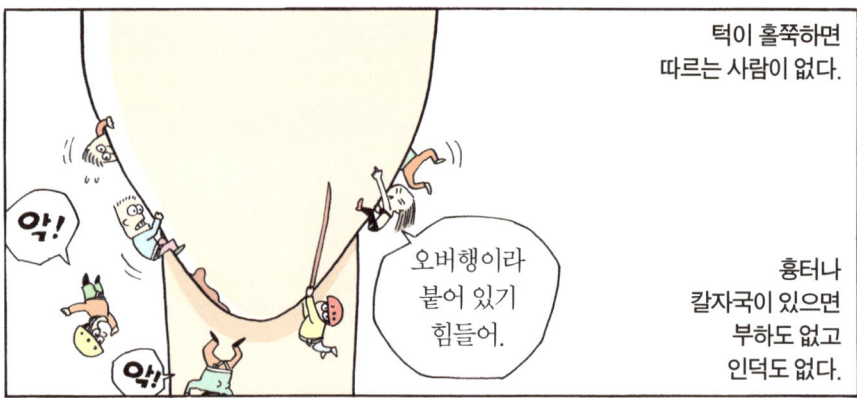

턱이 홀쭉하면
따르는 사람이 없다.

악!

오버행이라
붙어 있기
힘들어.

악!

흉터나
칼자국이 있으면
부하도 없고
인덕도 없다.

* 오버행(overhang) : 등산에서, 암벽의 일부가 처마처럼 돌출되어 머리를 덮은 형태의 바위.

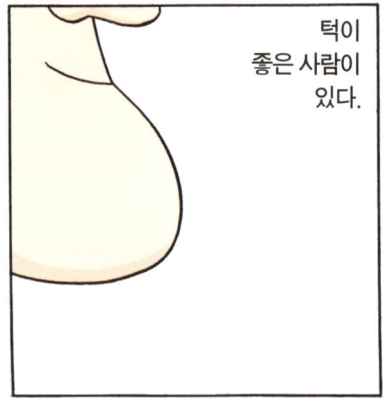

턱이
좋은 사람이
있다.

그런데
하는 일마다
자본 부족으로
오래 끌지
못한다.
혼자 헉헉
대다가
끝난다.

저… 저걸
잡아야
하는데…

턱이 좋으니
투자해 줄 사람이
있을 법한데
눈 씻고 찾아봐도
안 보인다.

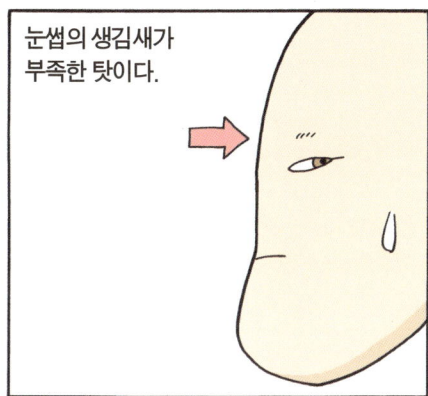

눈썹의 생김새가
부족한 탓이다.

눈썹이 좋아야
인기가 있다.
눈썹 나쁜 배우,
탤런트는 없다.

딱 보고 첫눈에
호감이 가야
투자할 마음이
생긴다.

앗!
매력 눈썹!
나를
투자할게!

한 군데 좋다고
끝나는 것이 아니다.
살집이 많은 사람들 중
턱이 좋은 경우가 많지만
노복궁이 좋은 것은 아니다.

저놈 옆에 가지 마.
혼자 다 먹어
버린다니까.

문무를 겸하기는 어려워!

맹장은
여기고

덕장은 명태
말리는 곳이니까
강원도에 있죠.

싱겁기는.

얼마나 자기 얼굴이
보고 싶으면 어젯밤 꿈에
나타나더라.

어떻게
생겼던가?

선캡을 벗겨보니
눈, 코, 입이
없었어.

……

오늘은
입에 대해서
말하지.

제게 병사 1천 명
주시면 나가서
적장의 목을
가져오겠습니다!

안 됩니다.
적은 지금 어제의 승리로
사기충천입니다.
시간을 두고 우리 군사의
원기를 회복한 뒤
전투를 해도
늦지 않을 것입니다!

장군은
항상 너무 몸을
사리시오!

나라 좋고 백성 좋고
누님 좋고 매부 좋고,
좋은 것이 좋은
것이지요.

A는 물줄기로 비유하면
곧은 강이다.

곧은 강은
물살이 빠르다.

여유는 없지만
힘이 있다.

물살이 세서
작은 물고기는 살지 못하고
큰 물고기만 산다.

A의 입술 모양도 곧은 강처럼 일직선이다.
강물이 빨리 흘러 가야 하니
물가에는 풀이 자라지 못한다.

마치 칼 끝으로
쫙 그은 듯하다.
두텁지 않다.

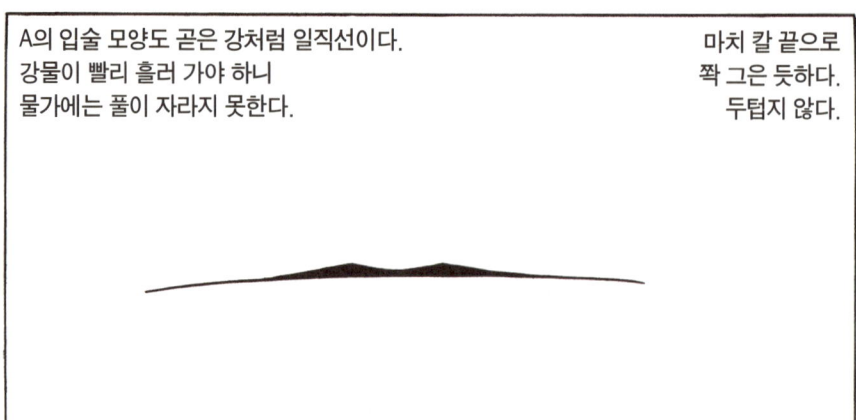

이런 입술은
인정사정 보지 않고
물불 가리지 않는다.
군인에게
이런 입술이 많다.

B는 물줄기로 비유하면
굽이쳐 흐르는
강물이다.

물길이 쉬었다 가기도 하고

막히면 넘지 않고 돌아간다.

풀이 자랄 수 있는 환경이라 큰 물고기와
작은 물고기가 어울려 산다.

물길 주위에 언덕이 있고
모래가 있어 여유롭다.

덕장의 입술은 곡선이고 두텁다.

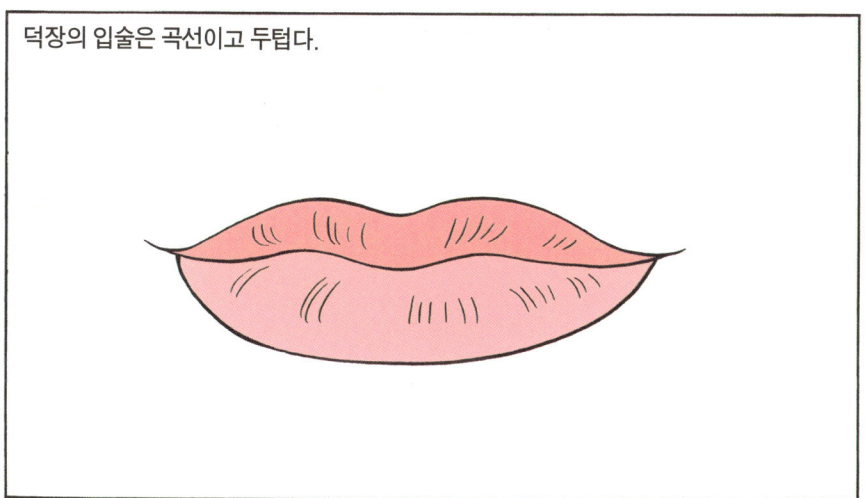

맹징과 덕징의 입술이 이렇게
다른 모양, 다른 성격인지라
인간이 문무를 겸한다는 건
참으로 어려운 일이지.

책상에서 만화 그리다가
위험한 바위 오르는 것도
문무를 겸한 거지.

바위
올라갈 때도
선캡 안 벗어?

콱

콱

전세가 어떻게
되어가나 보자.
망원경 가져와!

으음, 제대로
때리고 있구나!

백 장군도
봐두시오!

망원경
필요 없어요.
보고 있습니다.

적의 성문이
박살나 있군요.
이때 진격해야 합니다!

헉!

눈과 눈 사이가 넓으면
멀리 본다.
넓게 본다.

시력이 안 좋아도 멀리 볼 수 있나요?

이치가 그렇다는 거지!

대표적인 인물이 비디오 아티스트 백남준이다.

예술가는 감성적이지만 백남준은 대예술가인데도 수학적인 사람이다. 크게 보니 전체 구도에 밝아 구조적인 일을 하는 사람이다.

눈 사이가 넓으면 인정이 많다고 하는데요, 왜죠?

눈 사이가 넓으니 쫀쫀하지 않고 모든 일을 넓게 보니까.

반대로
눈 사이가
좁으면?

밴댕이 소가지!

밴댕이가 어떤 고기인가?
크기도 작지만 속 내장도 쪼그맣다.
보잘것없다.

작은 걸 따지면 멸치 내장도 있고
뱅어포 만드는 뱅어도 있는데
왜 하필 밴댕이죠?

아까부터…

마군은
눈 사이가 좁지?

눈 사이가 좁으면
속이 좁고
사물을 보는
시각 또한 좁다.

주체가
너무 강하다.

나는 나야!

매사
자기 자신에게
맞춘다.

얼굴도 마찬가지다.
얼굴이 넓어야
마음 씀씀이가 넓고

얼굴이 좁으면
그 반대다.

달그락

달그락

눈 사이가 좁은
영웅호걸은 없다.

이런 정도면
최고죠?

장난치지 마!

 장군과 도둑

이런 말이 있다.
머리가 크면 장군이요,
발이 크면 도둑이다.

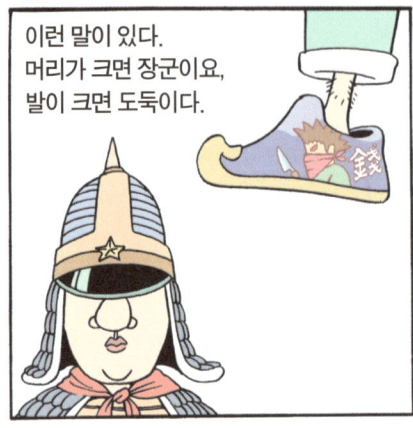

영화배우 박중훈.
머리가 크다.

영화배우가
머리통이
예뻐야
하는데….
흑흑.

귀 상단의 장군뼈(將軍骨)가 발달하고
이마가 넓어서 장군감이다.
박중훈은 장군은 아니지만
일류 배우니까
장군이나 다름없다.

필자가
중학생이 됐을 때

어머니랑 모자를 사기 위해 시장에 갔으나
맞는 모자를 찾을 수 없었다.

더 큰 것
없어요?

그게 대짜요.

쬐그만 놈이 웬 머리는…

할 수 없이 모자를 맞춰서 썼다.

한성 모자점

모표 이름표 마크 견장

지금도 기억난다. 그때 내 머리통을 재던 모자집 주인의 표정이…

! ! !

이럴 리가!

중1짜리 머리통이 이렇게 큰 놈은 처음 봤다!

머리가 크면 장군감이라는 사실을 미리 알았다면 필자는 사관학교를 갔을 것이나.

아! 아까워!

올해 지원자들의 특징이 하나 있다면서?

육군사관학교

예. 걱정이 많이 됩니다.

옆 사람 시험지 훔쳐보는 것이 발각되면 즉각 퇴실당한다! 알았나?

육군사관학교 시험장

음골 대머리는 여자를 감동시키고 양골 대머리는 일에 열중한다

대머리는 정력가라는 말이 있는데 정말입니까?

지금 데이트 중인 남자가 대머리야?

선생님 나빠!

이런 얘기가 있잖아요.

남자가 정력이 너무 세서 여자가 이마를 밀치니까 대머리가 됐다. 고로 대머리는 정력이 세다.

그만! 그만!

그건 지어낸 얘기야. 하지만 결론은 같지.

대머리는 세다!

획

대머리가
왜 대머리냐.

몸에 불기운이 왕성한 사람이
대머리가 된다.

불기운이 많아서
수분이 말라 부족하니까
머리가 빠지는 것이다.

이 세상의 대머리들이여
힘내자! 당신은 세다!

영자야!
결혼하자!

가발 장사
끝났군.

나
대머리였어!

휙

허나
모두들 정력이라면
남자 여자
거시기 하는 데
쓰는 힘을
얘기하지만

정력은 에너지다.
활동하는 힘을 말한다.

음골인 사람에게 정력이 있으면 그 파워를 연애하는 데 주로 쓴다.

음골은 부드러운 감성을 가지고 태어났다. 여자를 감동시킬 줄 안다.

대머리에 음골이면 청춘과 노년이 따로 구분 안 된다.

제인!

항상 새신랑 노릇을 할 수 있다.

아아아

양골인 사람에게 정력이 있으면 상황이 다르다.

양골은 여자를 좋아하지 않는다.

사근사근하지 않고 무뚝뚝하다.
부드럽지 못하니 여자가 가까이
가지 않는다.

그럼 양골 대머리는
넘치는 정력을 어디다 쓰느냐.

일하는 데 몽땅 쓴다.

음골 대머리와 양골 대머리는
힘쓰는 곳이 다르다.

허영만도
대머리인데요.

이 정도면 내 친구
김종진처럼
완전한 대머리가
아니야.

그래도
허영만의 정력도
무시 못 하겠는데!

허나 허영만은 양골이다.
그 정력을 만화 그리는 데
다 쏟아붓고 있다.

여보!
그만 자자!

 **두각이 솟으면 두각을 나타낸다**

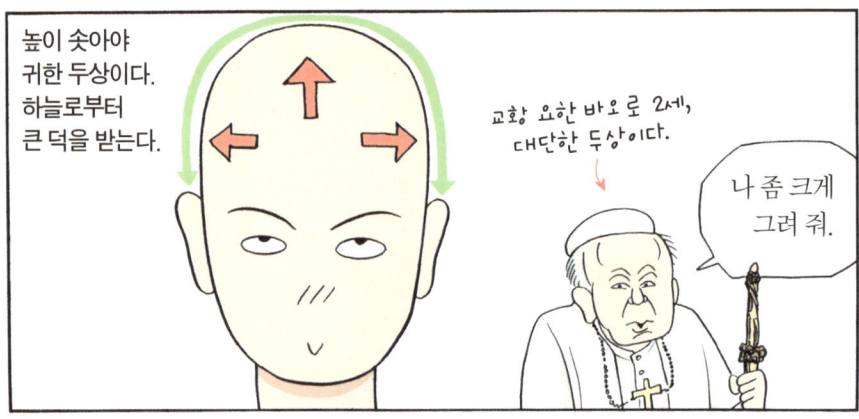

피박자(皮薄者)는 주빈천(主貧賤)이다.
머리 가죽이 얇은 자는 가난하고
격이 낮다.

이마가
좁고 길면
별 볼일 없다.

164

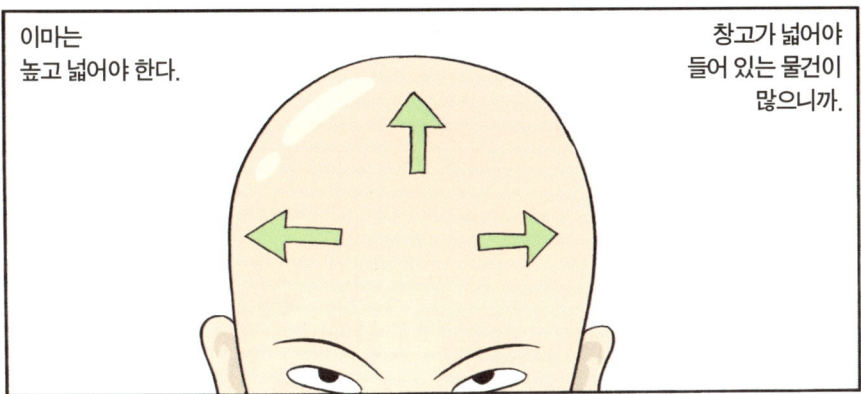

이마는
높고 넓어야 한다.

창고가 넓어야
들어 있는 물건이
많으니까.

뾰족한 머리는
복이 머물 자리가 없다.

두각이 솟으면
두각을 나타낸다.

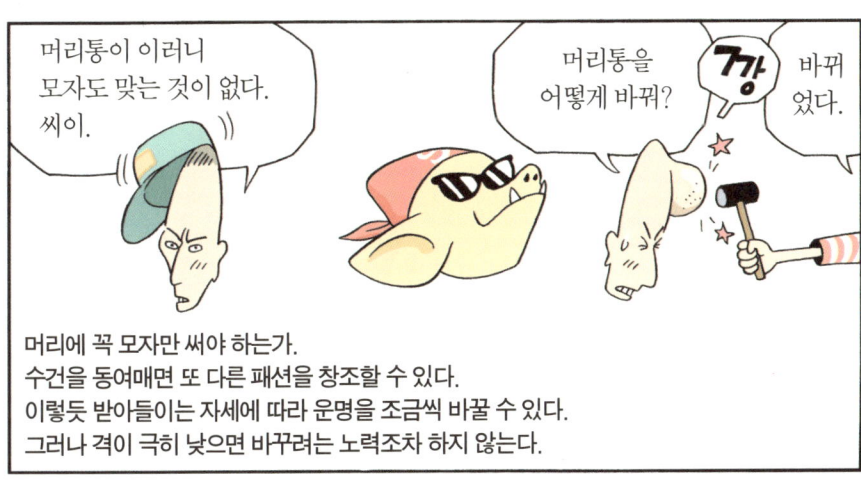

머리통이 이러니
모자도 맞는 것이 없다.
씨이.

머리통을
어떻게 바꿔?

깡

바꿔
었다.

머리에 꼭 모자만 써야 하는가.
수건을 동여매면 또 다른 패션을 창조할 수 있다.
이렇듯 받아들이는 자세에 따라 운명을 조금씩 바꿀 수 있다.
그러나 격이 극히 낮으면 바꾸려는 노력조차 하지 않는다.

 ## 강한 정신력은 이마에서 나온다

무슨 말씀이세요?

하늘을 봐봐.

높고 넓다!

사람의 하늘은 어딘지 알아? 이마야.

높고 넓은 이마는 높은 이상을 갖고 있는 것이다.

성철 스님은 좋은 이마로 종교가로서 이름을 떨쳤다.

산은 산! 물은 물!

극진 가라데 최배달 역시 한 시대를 호령했다.

만해 한용운의 이마는
드물게 좋은
이마였고

대표적인 대머리
간디는 무저항
운동으로 인도를
끌고 나갔다.

그들의
강한 정신력은
이마에서 나온다.
하늘에서 나온다.

정신력이 강해야
뇌하수체가 강하고
정력이 세다.

좋은 이마는
높고 넓다.

좁고 뾰족한 것은
복을 누리지 못한다.

하늘이 좁으니, 뜻이 좁아서
하는 일마다 어렵다.

이마가 좁으면
수명이 짧다.

뭐하는 거야?

이마를 넓게 하려고
머리털을 뽑고 있다.

아예
다 뽑지 그래?
정력 좋다잖아.

이마의 색깔이 맑으면
맑은 하늘과 같다.
매사 순탄하다.

이마의 색깔이 흐리면
찌푸린 날씨와 같다.
반드시 좋지 못한 일이 생기니
조심해야 한다.

고정란예요 선생님.
오늘 수업 쉬었으면
합니다.

왜?

문기둥에 부딪혀서
이마가 시퍼렇게 됐어요.
공부하러 가다가
교통사고라도 나면
어떡해요.

윽!

마수걸이입니다.
고정란 씨가
쉰다면서요. 저도
약속이 있어서…

마군 얼굴 꼴을 봐야
꼴 공부를 끝까지 할 섯인가,
포기할 것인가
알 수 있을
텐데…

일도 연애도 정력적으로

여기서
눈에 보이는 곳이
전부 내 땅이야.

우와!

서울 시내
한복판에도
넓은 땅이
세 군데 있고

강남 땅이
전부
내 땅이었어.

땅땅거리면서
사시는군요.

응.

그런데
심부름 좀
해줄래?

아까 그 음식점에서 봤던 여자, 나 좀 소개 시켜줘!

어제 만난 여자는요?

어제는 어제고 오늘은 오늘이지.

침대에 여성을 눕혀놓고 다른 여성을 찾는다.

미스 차, 내일 몇 시에 만날까?

그러다 나이 60이 넘어서는 힘이 달리는지,

먹고 힘나는 약 줘.

지난번 것보다 효과가 더 좋은 걸로 줘.

일도 정력적으로 하고
연애도 정력적으로 즐긴다.

결재 서류

아무리 여자를
많이 끌어안아도
항상 부족감을
느낀다.

꼴떡
꼴떡

부자는
오늘 사업하면서
내일 사업을
구상한다.

바람둥이는 오늘은 미스 조 만나면서
내일은 미스 나랑 데이트 약속을 한다.

문자
보내기

자기 좋은 것만
찾는 사람은
이기적이다.
인색하다.

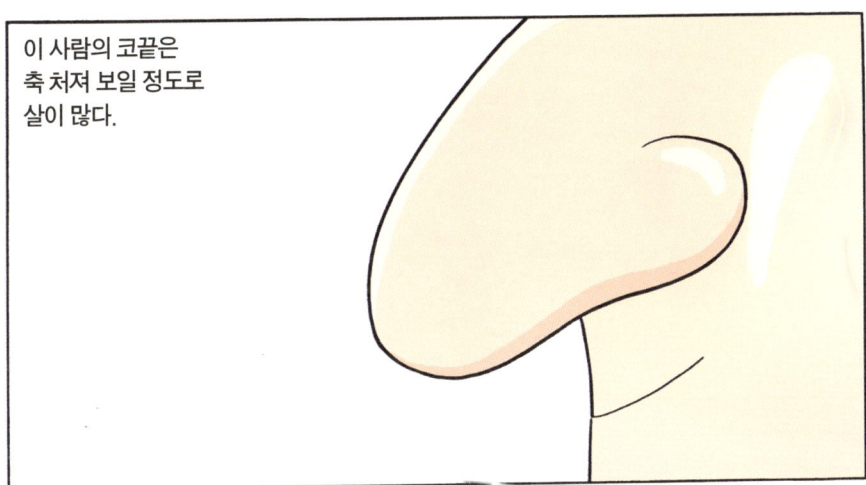

이 사람의 코끝은
축 처져 보일 정도로
살이 많다.

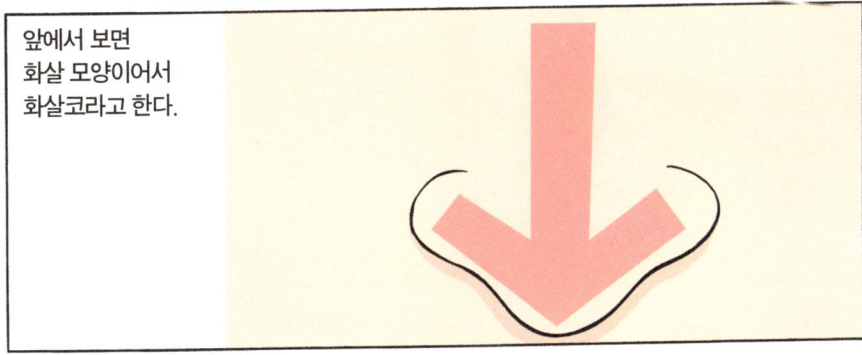

앞에서 보면
화살 모양이어서
화살코라고 한다.

화살코는
엄청난 부를 이룬다.
엄청나게 많은
여인을 품는다.

재벌인데 바람둥이면
결혼해야 할까
말아야 할까?

그런 사람
있기나 해?

상배야.

집념과 욕망

코 얘기를 계속해야 하는데 마군 코를 보지 못했으니 분위기가 살지 않는구나.

고정란의 코로 공부하죠 뭐…

집념은 욕망에서 나오지. 욕망 없이는 집념이 생기지도 않아.

꽉

돌아가신 정주영 회장의 코는 대표적인 집념 덩어리다. 코가 산맥처럼 길게 내리뻗어 힘이 코 끝에 맺혔다.

흐트러짐이 없고, 매사 철저하고, 자기 한 몸을 엄청나게 가꾸는 사람의 코 모양은 이렇다.

이런 코는
노름을 안 한다.
노름판에
가지도 않는다.

할 일이 태산인데
저런 것 할 시간이
어디 있어!

휙!

그런
엄청난 집념으로
승부를 하면
노름판을 쓸어버리지
않을까요?

노름판에
안 간다니까!

이런 코기 100명
전부 안 가는 것이
아니고 몇 명은
갈 수도 있잖아요.
그러면 그 집념으로…

갔다가
노름판인 줄 알면
나와버린다니까!

누가 약을 올리나
감시하는 사모님

선생님,
화나셨어.

내 말이
틀린 건
아니잖아.

선생님 이론과
다르다고 화를
내시는 건 합당치 않아.
이런 코는 100%
노름을 안 한다니…
있을 수 있는 얘기야?

저런 학생을
앞에 두고…
오늘 공부
끝이야!

선캡이
…

!

안 됩니다, 선생님.
저는 이 공부 하려고 2시간을
전철 타고 왔어요.
마 선생이 선캡 벗으면
용서하실 거죠?

왜 나를 끌어들여?
안 해!

선캡 안 벗으려면
내 눈에 보이지 마!

내 코와
정주영 코를
비교해보자.

추워…

이런 코는
자기 멋대로야.

성실하지만
그때그때
감정을 이기지
못해.

고스톱도 안 치고
연애도 좋아하지
않지만 술자리는
피하지 못해.

왜 그래?
기분파니까!

반대로
이 사람은
이성파다.

이런 코는
경우에 어긋나는
꼴을 못 본다.

팁
주셔야죠.

너희들이
내 술 다 먹고
안주 다 먹고
무슨 팁이야!

176

욕망의 집념은
음욕이다.
양욕이란 말은
없다.

음은 끈질기다. 물은 음이다.
물이 끊임없이 흘러가듯 멈추질 않는다.

반대로 불은 양이다.
불은 후루룩 타버리면 끝이다.
단촉하고 경망하고 급하다.
대신 뒤끝이 없다.

남자가 이런 코의 여자에게 찍히면
도망치지 못한다.

여자도 이런 코의
남지에게 찍히면
역시 도망치지 못한다.
허나 불행하지는 않다.

자기 인생에
책임을 질 줄
아니까.

주인 노릇 제대로 해야 집안 꼴 잘된다

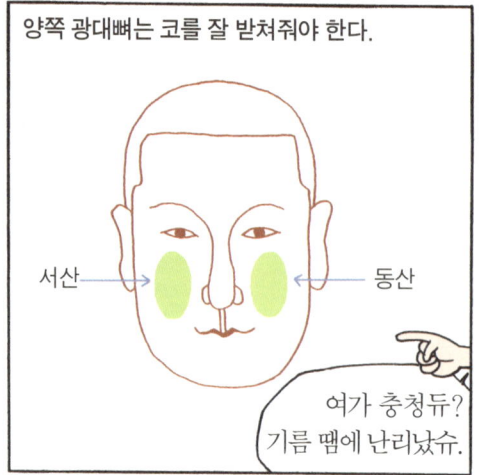

양쪽 광대뼈는 코를 잘 받쳐줘야 한다.

서산 → ← 동산

여가 충청듀?
기름 땜에 난리났슈.

그래야
집안 꼴이 잘돼간다.

임금과 신하가 구분이 안 되면
나라는 다스릴 수 없다.

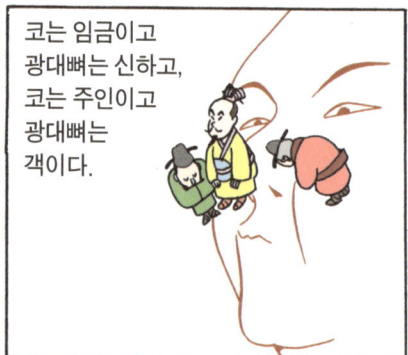

코는 임금이고
광대뼈는 신하고,
코는 주인이고
광대뼈는
객이다.

주인이 먹으려고
뒷마당에
좋은 술을
담가놨다.

이따 저녁에
반주 한잔
해야지.

꿀꺽

주인장,
술 있다는
소문 들었어.

그것 좀
내와 봐.

아, 예.
그… 그러죠.

괜찮은데.

더 내와 봐!

그… 그러죠.

코가 낮아 광대뼈에
눌린 꼴이다.

씨이.

달그락
달그락

주인장,
술 좀 내와 봐.

그러지.

마시다
말았어!

더
갖고 와!

안 돼!
그냥 가!
나도 마셔야지!

코가 높아 주인 노릇을
제대로 하고 있다.

코, 광대뼈, 이마, 턱은 산이다.
산이 힘이 있어야 한다.
웅장하고 준엄해야 한다.

산세가 약하고 산이 산답지 못하면
경치도 보잘것없고 물길도 약하다.

따라서 소인이고
수명이 짧다.

수명이 짧고
길다면
어느 정도를
말하는 겁니까?

90세를 살면 고수
80이면 장수
70이면 중수
60이면 단명,
그 아래는
요절이야.

인덕이 많다는
얘기 들어봤지?

인덕,
사람 덕,
들어봤죠.

광대뼈가 신하다.
친구요, 이웃이고, 형제다.

광대뼈가
좋은 사람은
인덕이 많다.

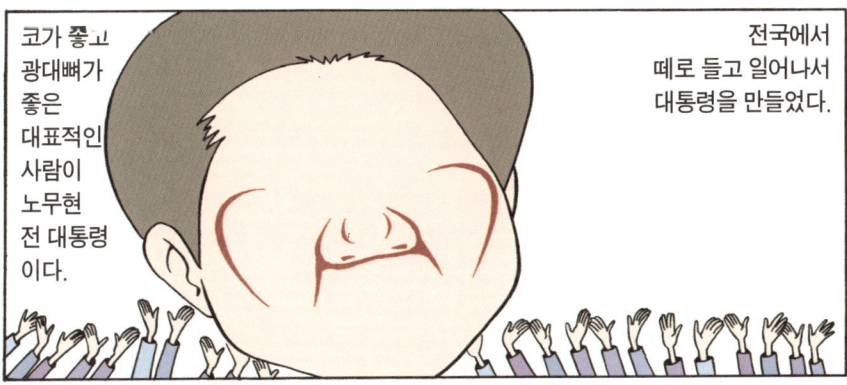

코가 좋고
광대뼈가
좋은
대표적인
사람이
노무현
전 대통령
이다.

전국에서
떼로 들고 일어나서
대통령을 만들었다.

그래서 광대뼈는 많은 사람을
거느리니 권세를 말하기도 한다.

광대뼈가 약한 사람은
권세가 없다.

세계를 정복한 몽골인 코는 높지 않은데 광대뼈가 무척 발달해 있다.

광대뼈는 심장과 폐의 상징이다. 따라서 발달한 광대뼈는 심장과 폐가 튼튼하다는 걸 보여준다.

그래서 몽골인은 용맹하다.
협동심이 많다. 힘이 세고 비굴하지 않다.
체격이 큰 유럽인들에게도 몽골인은 공포의 대상이었다.

함께
살아가는
복

온 세상에 이름을 떨친다

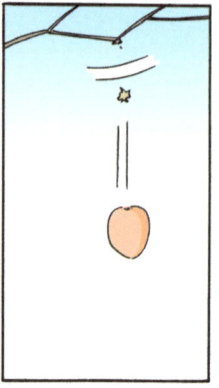

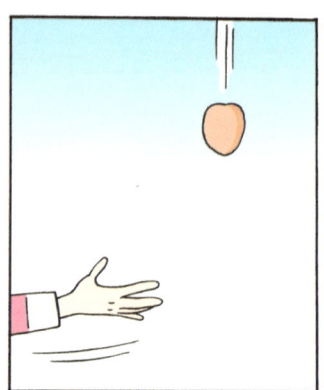

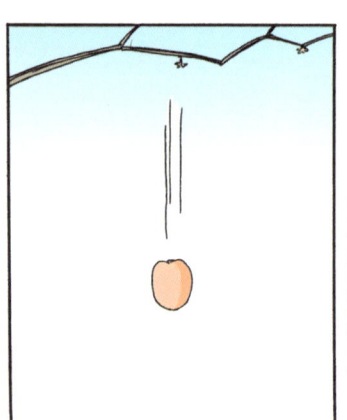

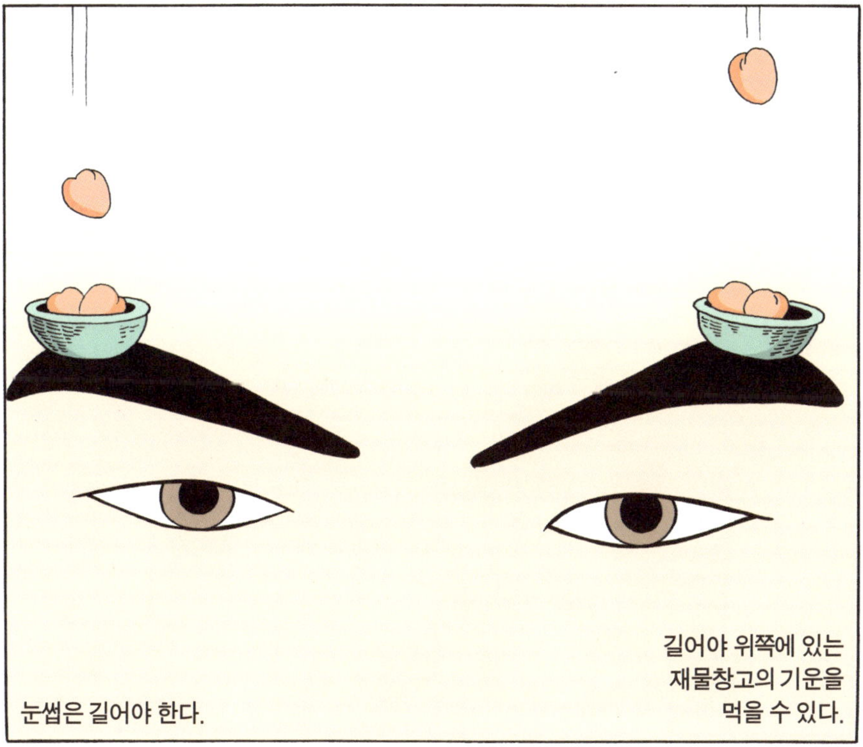

눈썹은 길어야 한다.

길어야 위쪽에 있는
재물창고의 기운을
먹을 수 있다.

눈썹이 뭘 먹는다는 건 좀 억지스러운 해석 아닙니까?

인간의 얼굴에는 우주가 담겨 있어.

검은 건 머리카락, 누런 것은 피부라는 이론만으로는 깊이 들어갈 수 없는 심오한 수학이 들어 있는 곳이야.

이해가 안 되는데요.

이해가 안 될 수밖에…

이제 막 수박의 속살을 맛본 정도니까 수박의 깊이를 알지 못한다.

눈썹이 좋으면 인기와 출세로 온 세상에 이름을 떨친다.

탤런트나 배우, 가수를 보면 눈은 동그랗고 코가 뾰족하고 한참을 들여다봐도 그저 그런 꼴이거든.

그런데 잘나간단 말이야. 인기 좋고 돈 잘 벌고

그래서 왜 그런가 하고 자세히 봤더니

눈썹이 쭉 뻗은 거야! 잘생긴 눈썹 하나로 버티더라고!

마군, 나한테 눈썹을 보여주고 싶어 미치겠시? 지금이라도 늦지 않았어.

차… 참을 수 있습니다.

눈썹은 길수록 좋다. 재물창고까지 닿으니 재물 복이 넘친다.

食天倉

 # 주위 사람들이 나를 돕는다

비가 온 뒤에

대밭에서 죽순이
쑤욱 올라온다.

죽순처럼 생긴 눈썹이
잘생긴 눈썹이야.

이렇게 그리면
될까요?

그게 아니라
이렇게…

이건 죽순이
아닌데.

죽순 같은 기분으로
이해하면 좋을 거야.

그런 기분이
안 드는데요.

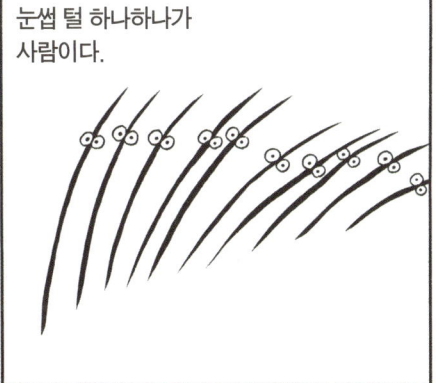

깨끗하고 잘난 사람들이 주위에 많아야 한다.
그 사람들이 엔진에 기름을
부어 주는 역할을 해 준다.

깨끗하고 눈썹 밑이
보일 정도로 맑으면
주위 사람에게 도움을 받는다.

진하고 탁해 보이고
질서가 없는 눈썹은
주위 사람으로부터
해를 입는다.

수목이
하늘을 덮어
어둡고
축축한 곳보다

가지런하게 누워
바람에 흔들리는 갈대밭이
햇볕 좋고
산책하기 좋은 것과 같다.

많은 곡식이 있으니 사람이 모인다

A는 주위에 사람이 많고
B는 아무도 없어 썰렁하다.

이유는
턱에 있어.

A는 턱이 두툼하고
약간 긴 듯하며 둥글다.

B는 턱에 살이 부족하고
뾰족하고 짧다.

턱은 땅이다.
땅은 넓고 기름져야
숲이 있고
곡식이 있으니
사람이 모인다.

대표적인 얼굴이
현대 자동차
정몽구 회장

뾰족뾰족 하고
앉을 자리도 없는 곳에는
사람들이 모이지 않는다.

턱 중에서도 양쪽 턱뼈가 유난히
발달한 사각턱이 있다.

의욕이
왕성하고
노력을
무섭게
한다.

김미녀

아르르르

15일째
여친 집 앞에서
노숙 중.

욕심이 지나쳐
이길 자가 없다.

내 거야!

사각턱과 경쟁하지 마라.
손실이 따른다.

사각턱은 욕심 때문에 주위에
피해를 줄 수 있다는 걸 명심하고
자제해야 한다.

깡 깡

사각턱뼈를
넘어서 이런
턱뼈는 어때?

양 턱뼈가
최고로
발달했네요.

욕심의
극치지!

이런 턱은 뒤에서 봤을 때도
옆으로 튀어나온다.

다른 사람이 볼 수
있을 정도로
강한 욕망이
튀어나온 것이다.

욕심이 과하여
이기적이다.
스스로를 위해서
어마어마하게
노력하는
형이다.

이런 사람이
고정란 씨를
찍었다면
도망칠 수 없어.

신생님,
제가 좋아하는
남자는 계란형이란
말예요!

꼴 공부한 것을
실존인물과
견주어 가면서
그려야 독자들이
재미있어할 텐데
좋은 얘기만
해야 하니 답답해
못 견디겠어.

그래도 실존인물은
건드리지 않는 게
신상에 이로울 걸요.
명예훼손으로
고발당한다고요.

형제간의 우애

눈썹은 형제궁을 본다고 했지?

예.

이 털 하나하나가 다 형제야.

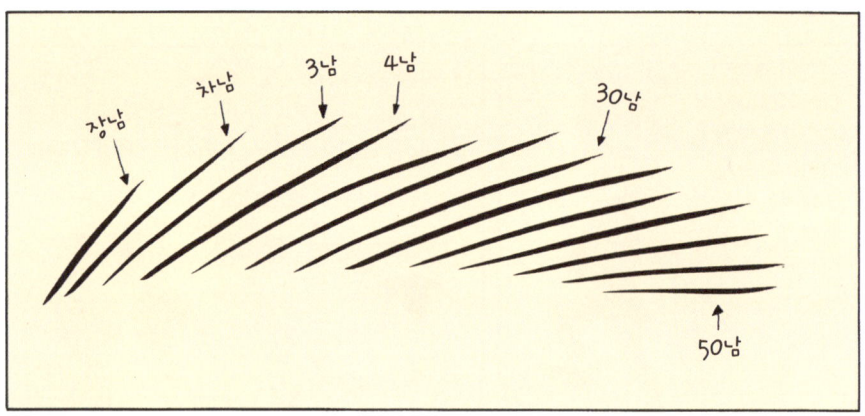

장남

차남

3남

4남

30남

50남

에이…
마의 선생도 참…
잘도 갖다 붙이시네.

들어봐!

눈썹 머리 부분이
맏형이야.

눈썹 머리 부분 털이 꼬여 있거나
흩어져 있으면
맏형에게 문제가 생긴다.

흑흑.
큰형이 전쟁터에 가서
돌아오지 않았어.

중간이 끊겨 있으면
형제간에 사이가 좋지 않거나
수명 짧은 형제가 생긴다.

이거
내 땅이야!

다 가져
갔으면서
이것마저?
안 돼!

악!

눈썹 주위에 말뚝을 쳐서
보호해야겠다.

탁 탁

공부나
끝나면
해라!

친구랑
약속
있다고.

접근금지

반대로
눈썹이 짙어서 풍성하면
형제들이 건강하고
우애가 좋다.

철만아,
웬 케이크를
보냈어?

내일이 형님
생일이잖아요.

눈썹이 짙으면
격이 떨어진다고
하셨는데?

맞아.
딱 보기에 너무 검으면
탁해서 격이 낮고
형제가 없이
고독한 꼴이지.
독신이 많아.

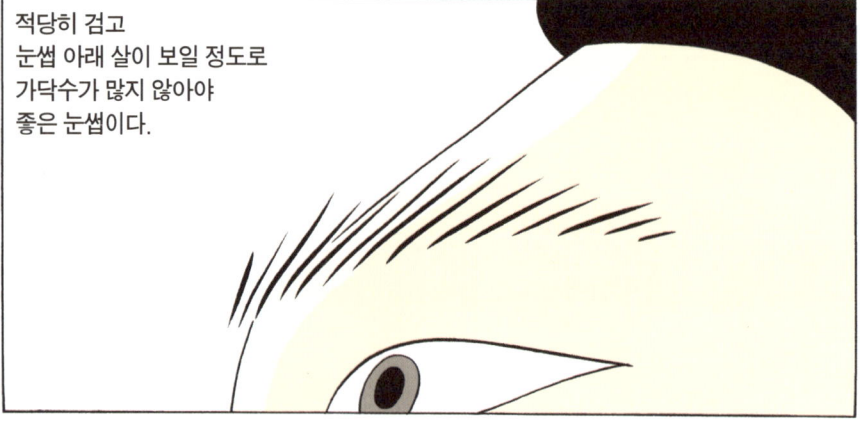

적당히 검고
눈썹 아래 살이 보일 정도로
가닥수가 많지 않아야
좋은 눈썹이다.

눈썹으로 형제를 보는 이유는 뭡니까?

형한테 동생이 꼼짝 못하지?

대개 그렇죠.

형 하자는 대로 따라하지?

그렇죠. 안 그러면 때리니까.

하늘을 날아가는 기러기를 봐!

질서정연하게 날아가는 기러기는 눈썹과 같다.
선두의 대장이 후미의 가족을 이끌고 날아간다.
선두는 형이고 후미는 동생들이다.

 고독 만당

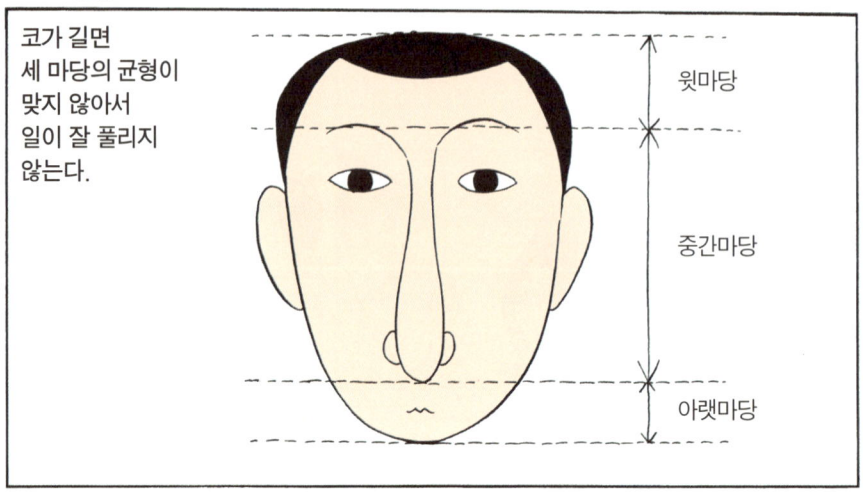

코가 길면
세 마당의 균형이
맞지 않아서
일이 잘 풀리지
않는다.

윗마당

중간마당

아랫마당

왜 그럴까?

코 푸는 데 시간 걸리고
휴지가 많이 필요하니까.

썰렁
썰렁.

코가 길면
고독한 거야.

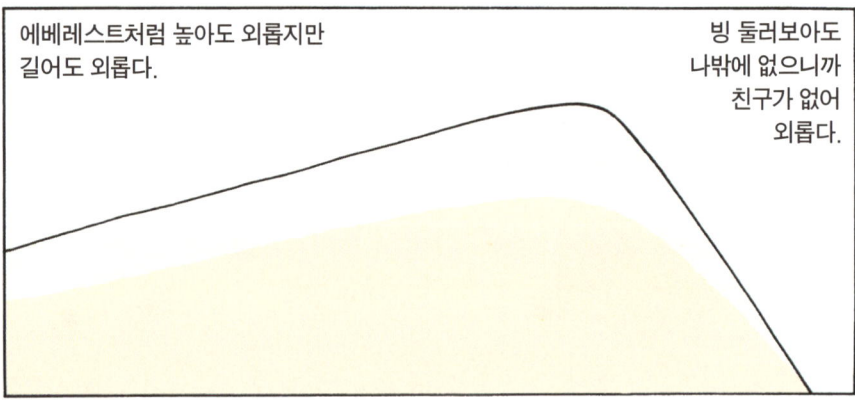

에베레스트처럼 높아도 외롭지만
길어도 외롭다.

빙 둘러보아도
나밖에 없으니까
친구가 없어
외롭다.

사막에서 헤매던 사람이 둘 있었다.
결국 둘 다 죽었지만
둘 중 한 사람은 코가 길었고
한 사람은 코가 짧았다.

누구의 코가
길었는지
맞춰봐.

에잇,
침으로 결정하자!

찰
싹

악!

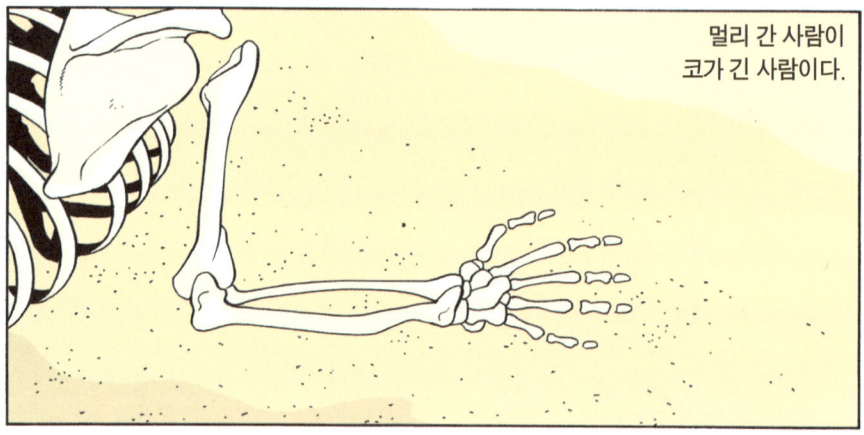

멀리 간 사람이
코가 긴 사람이다.

삶의 애착이 강하다.
그래서 끝까지 포기하지 않고
물을 찾아 헤맨 것이다.

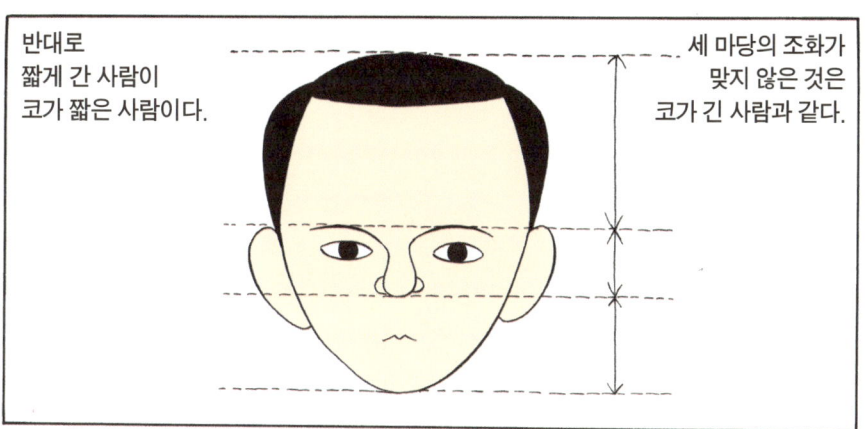

반대로
짧게 간 사람이
코가 짧은 사람이다.

세 마당의 조화가
맞지 않은 것은
코가 긴 사람과 같다.

코가 짧으면 체념도 빠르다.
주위의 변화에 민감하게 반응하나.
막연한 일에 도전하지 않는다.

저렇게 멋진 여성은
분명 애인이 있을 테니
해봤자 잘될 리 없어.
에잇, 포기하자.

나는 1%의 가능성만 있어도
포기하지 않는다!

박영석

그렇다면
히말라야 사나이
박영석 대장의 코는
말코 수준이어야
하는데…

??

인색한 것은 나쁘다.
덕이 부족하니 인색한 것이다.
후유증은 부메랑이 되어서
돌아온다.

코가 좋아도
눈빛이 없으면
오래 살지 못한다.

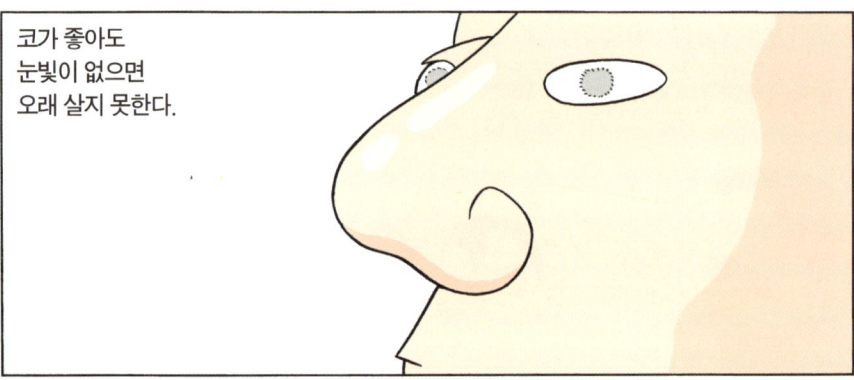

법령이 깊어도
눈빛이 없으면
오래 살지 못한다.
눈빛이 꼴법의
으뜸이다.

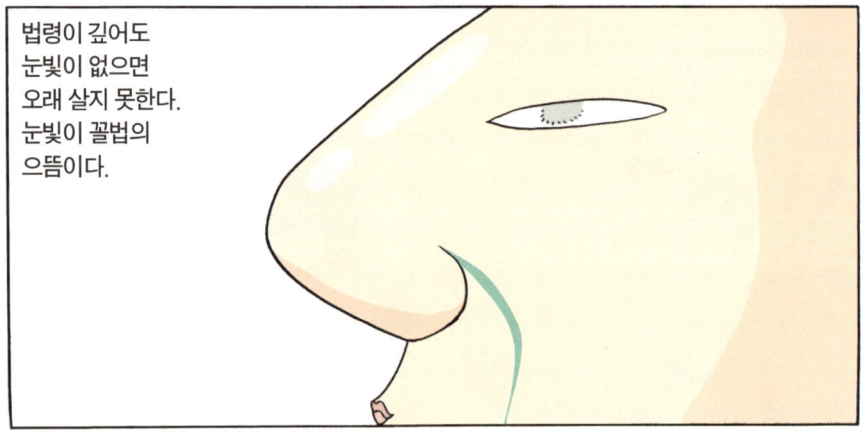

성형수술을 하면
포장이 달라진다.

인상이 달라지니
시집도 가고
취직도 할 수 있다.

빈부귀천의 근본은
바뀌지 않지만
인생항로는
수정될 수 있다.

살려주세요

배를 돌려!

부인의 이마에
노란색이 뜨면
남편의 신상에
좋은 일이 생긴다.

여보,
나 승진했어!

옆집 여인의
이마가 노랗다.

내 이마는
그대로인데!

전무

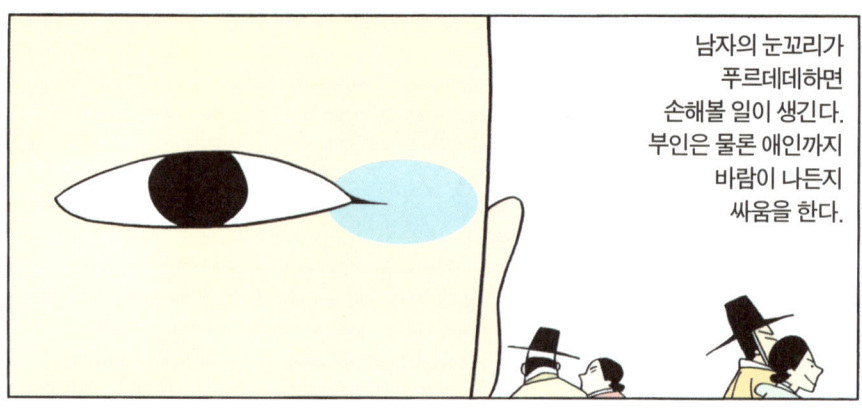

남자의 눈꼬리가
푸르데데하면
손해볼 일이 생긴다.
부인은 물론 애인까지
바람이 나든지
싸움을 한다.

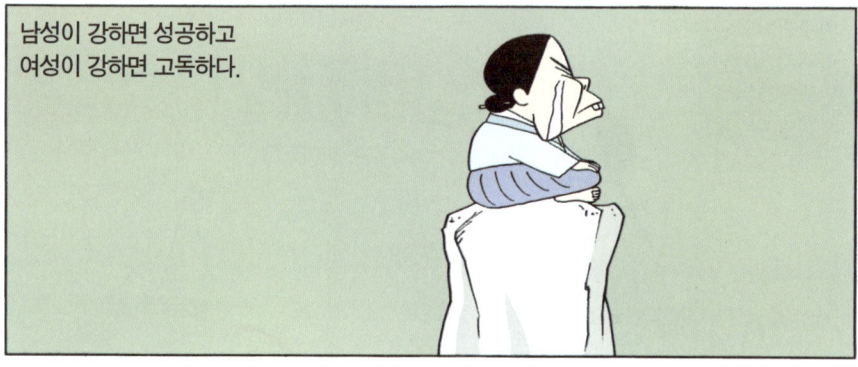

남성이 강하면 성공하고
여성이 강하면 고독하다.

얼굴이 크고
코가 작으면 고독하다.
고독한 것은 복이 없는 것이다.
복이 없으면 가난을 면치 못한다.
자식을 두지 못한다.

고독한 여섯 가지 꼴이 있다.

머리가 큰데
목이 황새처럼
가늘다.
머리는
하늘인데
받드는 힘이
약하다.

얼굴은 큰데
머리통이 작다.

덩치는 크되 목소리가 작다.

나 어때?

등이 얇다.

가슴이 튀어나오고
배는 깎여 있다.

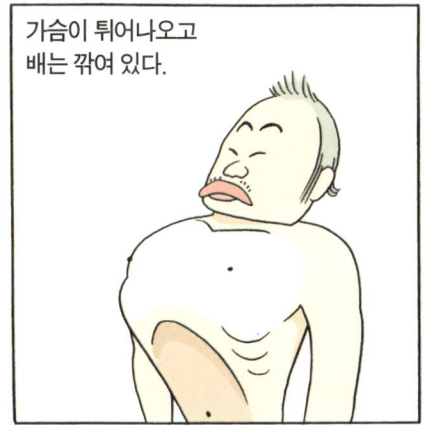

발과 종아리에
살이 없다.

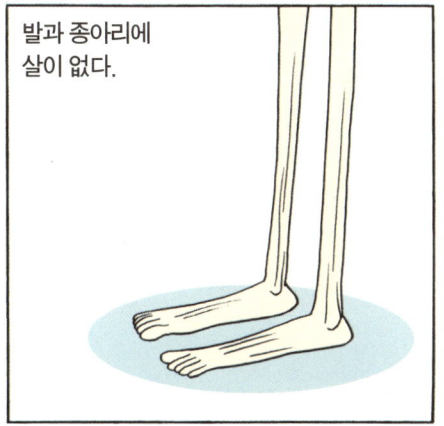

선악을
보다

아름다운 악처

아름답고 추한 것하고
선하고 악한 것은 별개야.

인면수심(人面獸心),
겉은 사람다운데 속마음은
짐승 같은 인간이 있다.

수면인심(獸面人心),
반대로 겉은 험악하고 사나운 짐승같이
생겼는데 마음은 비단 같은 인간이 있다.

← 노트르담의
꼽추

미추와 선악은 별개다.
미운 천사가 있고 아름다운 악마가 있다.

혼히 아름다움과
선한 것은
연결된다잖아요.

아니라니까.

왜 또 봐?

이런 얘기가
있어.

가장 현모양처 형이
가장 녹무일 수 있다.

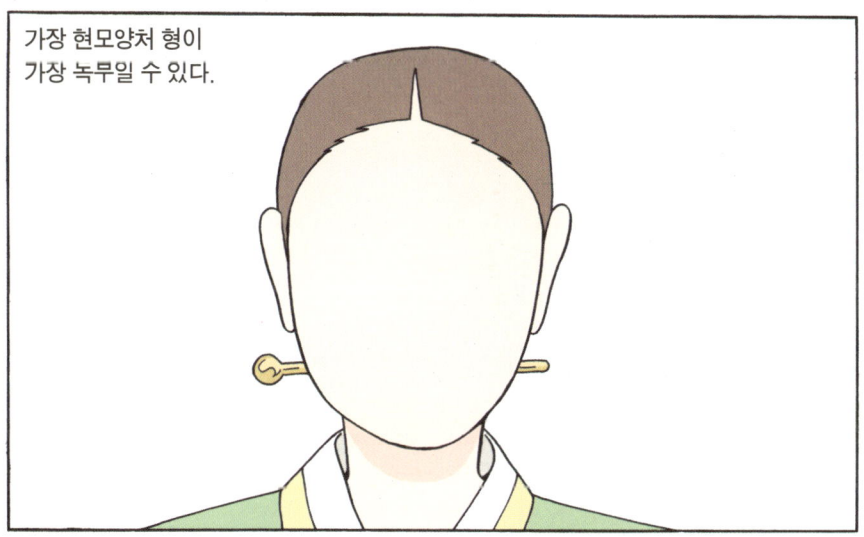

무서운
얘기지.

그래요?

아름다운 악처의 대표가 있다. 한고조의 마누라 여후!

악독하기가 천하에 비길 데가 없었다.

남편 한고조가 죽자 한고조가 총애하던 후궁들의 사지를 잘라서 돼지우리에 던져 넣기도 하고 소금에 절여서 젓을 담그기도 했다.

예쁜 장미에 가시가 있듯이 그런 것을 알아내는 것이 상법이다.

그렇다고 미인이 전부 악독하다는 얘기는 아니니까 오해하지 마. 겉 보고 판단 말라는 얘기지.

휴우, 난 또…

착각 하지 마. 넌 미인이 아니야.

달도 차면 기울듯이
사물은 극에 달하면 뒤집어져서
반대편으로 바뀐다.

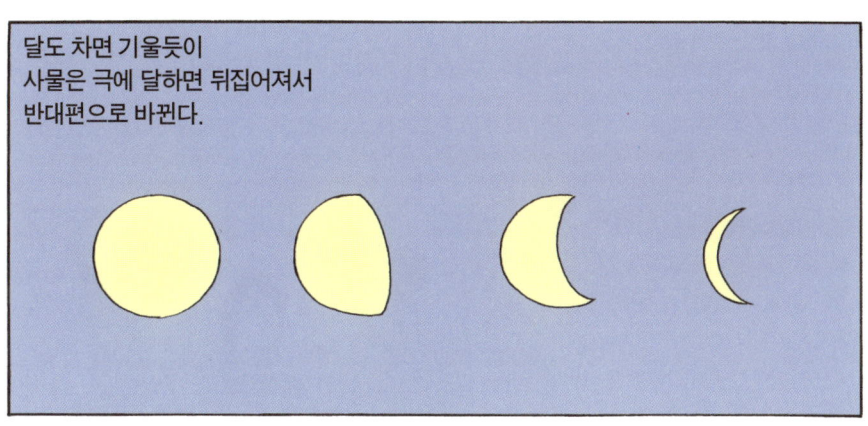

사기꾼들 중에 얼핏 보면 보살 꼴이 많다고 한다.
물론 짝퉁 보살 꼴이지만 사기꾼과 보살,
이 두 가지 모순이 한 몸뚱이에 존재하는 것이
인간이다.

잘 살펴보면
옆집 미녀가
독부이고
우리 집
못난이가
현명한
아내인지
모른다.

마음은 아니면서 입으로는 그렇다고 한다

짝짝이 눈은 격이 높고
부자다.

엥?
양쪽의 균형이
맞지 않는데
격 높고
부자라니요?

나쁜 말만
있나?
좋은 말도
있지.

이런 눈은 기운이 강해서
사람을 쏘아보는 듯하다.

으윽!

여기까지는
그렇다 치고.

다음 줄에
나온다!

재물을 모을 때
수단 방법을
가리지 않는다.

내
숟가락
까지!

박박

재산이 넉넉한데
계속 욕심을 부린다.

돈이야
많을수록
좋으니까.

心非口是
심 비 구 시

마음은 아니면서
입은 그렇다고 한다.

이 사람은 지금까지 설명한 짝짝이 눈처럼 행동하는데 눈이 정상이에요.

이게 어찌된 거지?

혹시 눈을 고친 것 아닙니까?

원래 이 눈입니다.

괜찮다~

끄응... 이럴 때 아주 못 견디겠다니까.

분명 짝짝이 눈이어야 하는데…

짝짝이 눈은 서로 보는 방향이 다르다.

이것도 맞잖아. 그런데 왜?

눈이 비교적 길다.

당신 XX고등학교 나왔지? 한 회장과 동창이지?

예.

졸업 앨범을 보여 줘.

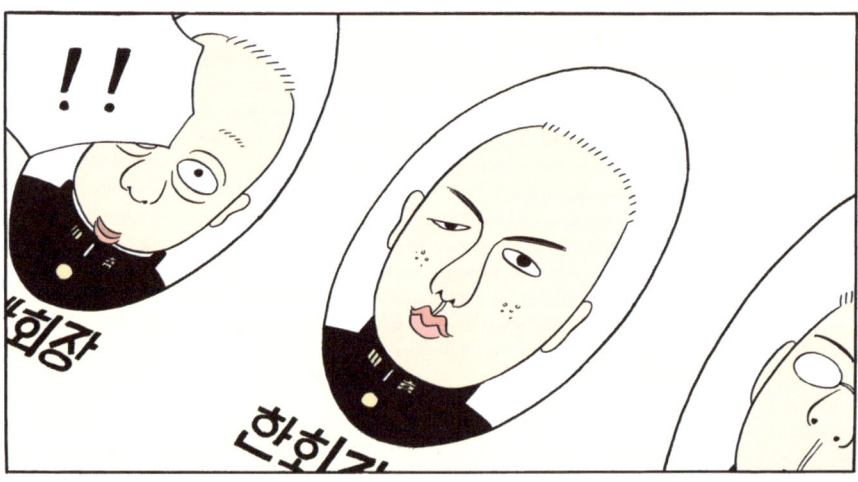

!!

눈을 고쳐 놓고 안 고쳤다고 거짓말을 한 거야!

그걸 모르다니 바보같이!

눈 안 고쳤다고 했잖아요!

내가 언제?

짝짝이 눈은 겉과 속이 다르다.

나 사랑해?

물론이지!

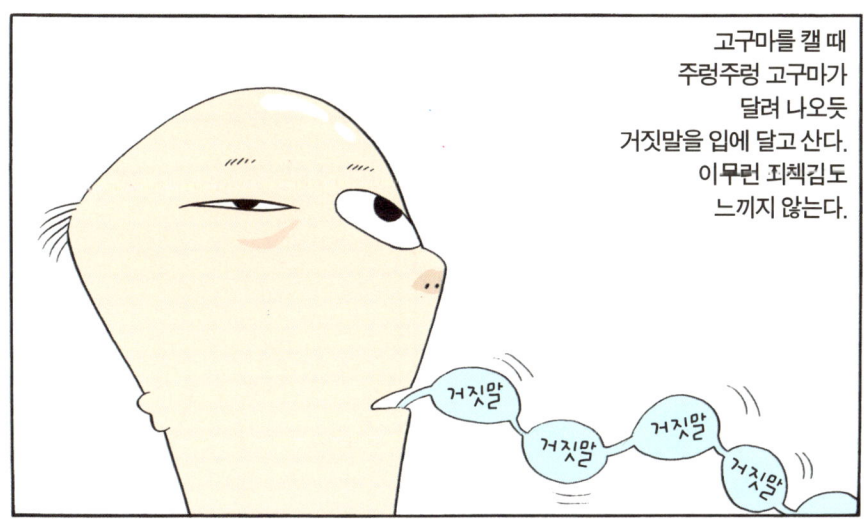

고구마를 캘 때 주렁주렁 고구마가 달려 나오듯 거짓말을 입에 달고 산다. 이 무런 죄책김도 느끼지 않는다.

시선이 아리송한 자를 상대하지 말라

나를 똑바로 봐.

똑바로 보고 있잖아.

사시는 어디를 보는지 알 수 없으니 마음을 읽을 수 없다.

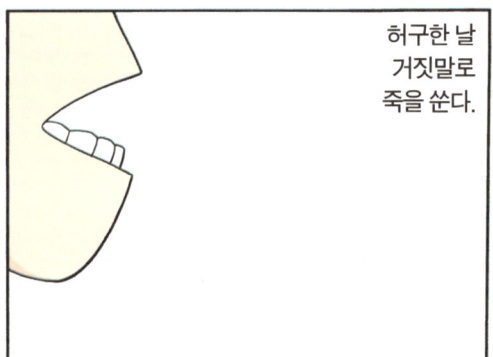

허구한 날 거짓말로 죽을 쑨다.

신경조직에 이상이 생겨서 된 사시는 관계없다.

나는 고칠 수 있지만 너는 못 고쳐.

!

시선이 아리송한 자는 상대하지 마라. 눈동자는 나 자신이다. 자기 자신을 보여 주지 않으니 남에게 피해를 준다.

웅덩이가 깊으면 물이 썩는다. 남편이 죽은 뒤 땅을 치고 통곡한다.

흰자위에
검은 점이 있으면
음탕하다.
일부종사가 어렵다.

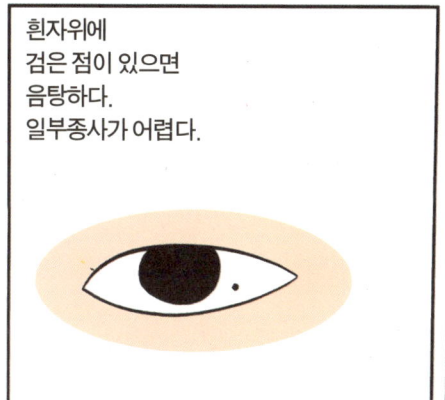

검은 동자가 크고 맑으면
지혜 덩어리다.

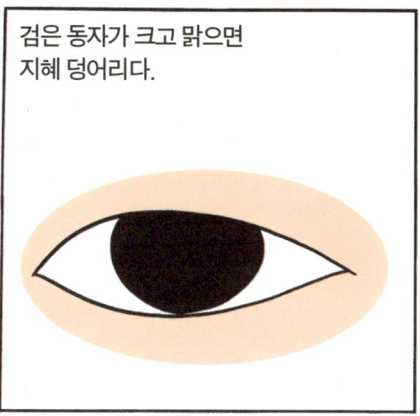

눈두덩이 지나치게 수북한 여성은 색을 좋아하고
시어머니 앞에서 할 말 다 한다.

아가야,
밥 안 하고
어디 갔니?

친구랑 놀고 있죠.
어제는 제가
밥했으니 오늘은
어머니가 하세요.

눈 밑두덩에 점이 있으면
아들을 두기 어렵다

눈 밑두덩 밑에 점이 있으면
집안에 식량이 넘친다.

왼쪽 눈 밑에 점이 있으면 왕이 된다.

이런 게 어디 있어! 되지 않은 얘기 막 써 놨어. 헛소리야. 지워 버려!

북북

북북

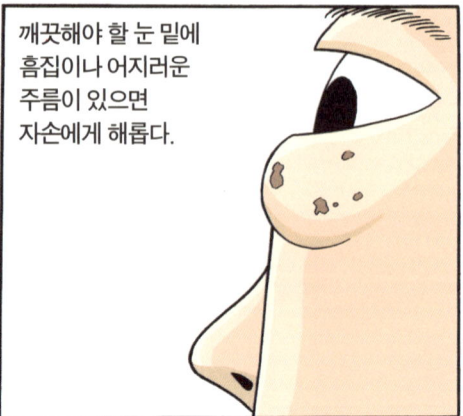

깨끗해야 할 눈 밑에 흠집이나 어지러운 주름이 있으면 자손에게 해롭다.

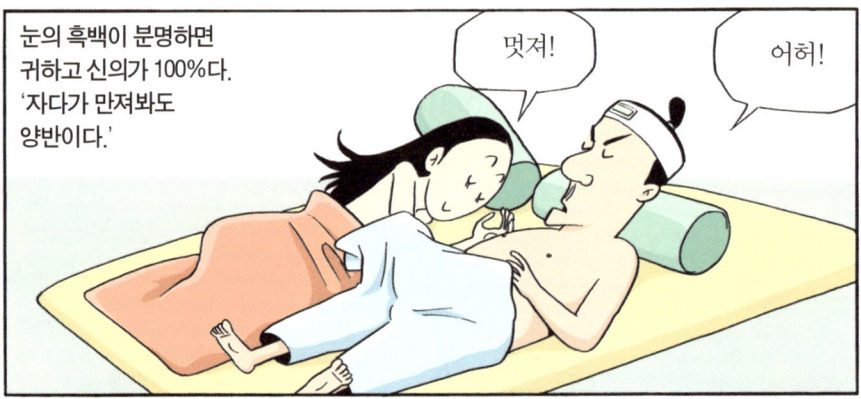

눈의 흑백이 분명하면 귀하고 신의가 100%다. '자다가 만져봐도 양반이다.'

멋져!

어허!

원숭이처럼 희번덕거리는 눈은 정신 이상이 생길 수 있다. 재주가 많다.

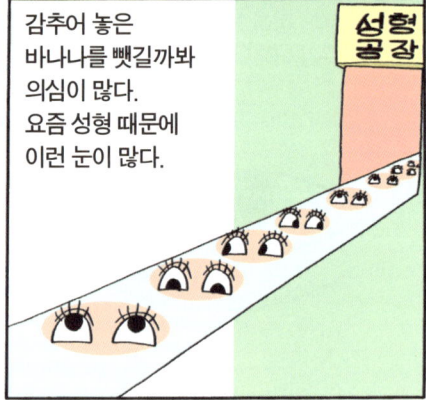

감추어 놓은 바나나를 뺏길까봐 의심이 많다. 요즘 성형 때문에 이런 눈이 많다.

성형 공장

용눈은 극귀,
황제의 눈이다.

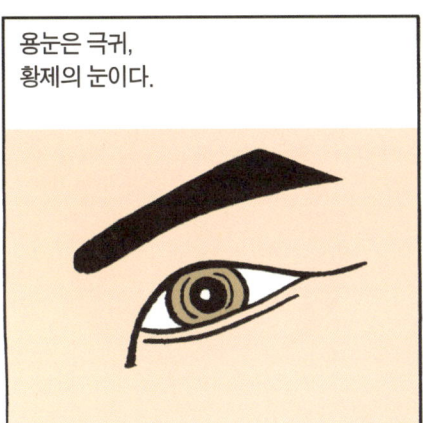

봉황의 눈은 지혜 덩어리다.
귀한 존재가 된다.
조조의 눈이 이 눈이다.

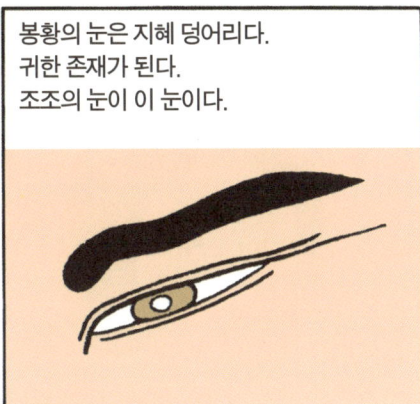

좋은 눈에
좋은 눈썹이 만나면
뜻한 바를
이룰 수 있다.
하지만 눈은
자기 자신이기에
눈썹보다
기가 세다.

보너스

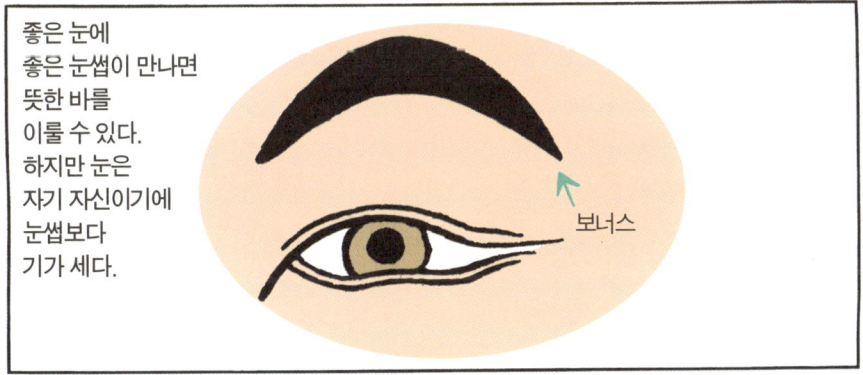

눈썹이 좋으나
눈이 나쁘면
눈의 운대로
복이
빠져나간다.

반대로
눈이 좋으면
눈썹이 나빠도
눈의 운대로
복을 받는다.

 배반하는 털

얼굴이 아름다운
여인이 있다.

머리에 꽃관을 쓰니 더욱 아름답다.

꽃관이 즉 눈썹이다.
눈썹은 얼굴을
장식하는 꽃이다.

눈썹은 얼굴 각 부분의
대표 주자다.
얼굴을 볼 때
제일 먼저 눈에 띈다.

눈썹은 수명을 보고 형제를 보고 현명함과 어리석음을 본다.

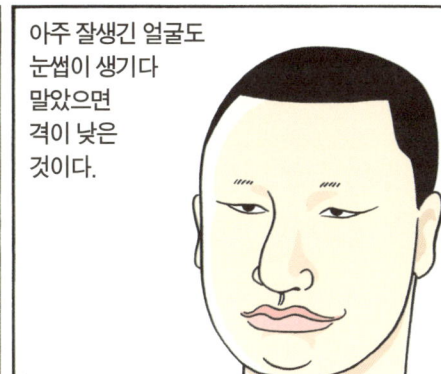

아주 잘생긴 얼굴도 눈썹이 생기다 말았으면 격이 낮은 것이다.

눈썹은 아주 맑고 섬세하게 생겨야 영혼이 맑고 격이 높고 복이 많다.

눈썹은 넓든 좁든 일직선이든 굽었든 간에 일관성 있게 한쪽으로 힘 있게 쫙 뻗어야 논할 가치가 있다.

눈썹에 힘이 없으면
운이 떨어진다.
직장생활이 위험하다.

눈썹이 너무
빽빽하면
따로 노니까
힘이 합쳐지지
않는다.
영혼이 탁하다.
지혜가 모자라고
격이 낮다.

수려하게 길게 뻗은 눈썹은
총명하다.

한쪽으로 누운 눈썹은 부드럽다. 인생이 순탄하다.

순풍에 돛 달고 ♬

태킹

집단가출

끊어진 눈썹은 끊어진 다리와 같다.

어서 와.

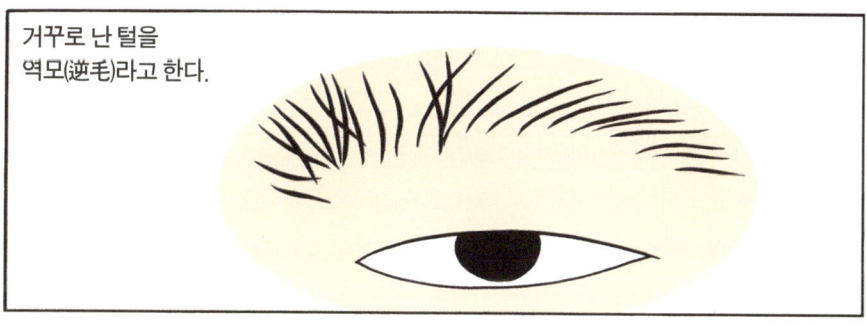

거꾸로 난 털을 역모(逆毛)라고 한다.

역(逆)의 뜻을 가진 말중에 좋은 말은 하나도 없다. 거스르다. 어지럽히다. 거역하다. 어긋나다. 반역하다.

역모는 사납고, 억세고, 배반을 잘한다.

8광 먹자!

짝

윽! 배신자! 5광을 깨 버리다니!

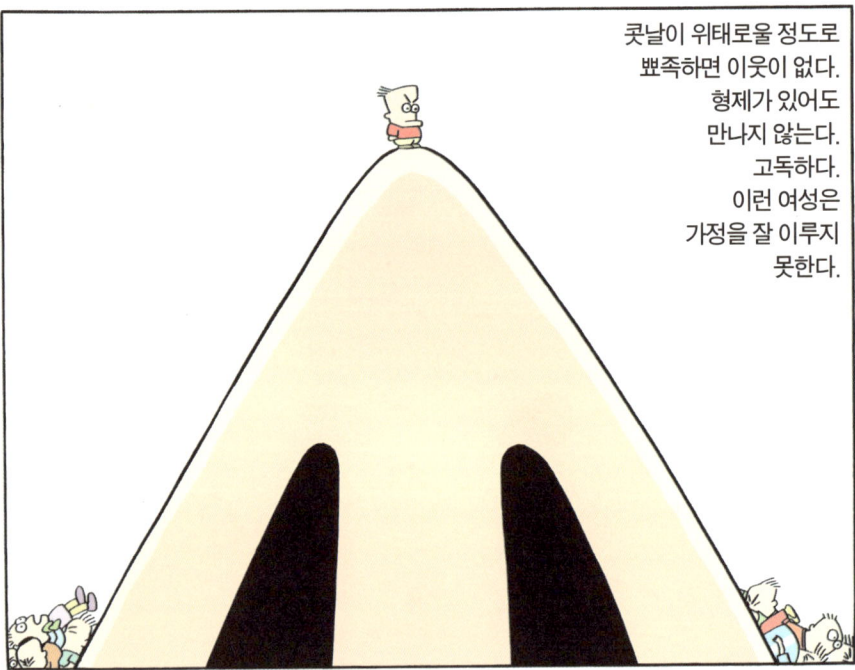

콧날이 위태로울 정도로
뾰족하면 이웃이 없다.
형제가 있어도
만나지 않는다.
고독하다.
이런 여성은
가정을 잘 이루지
못한다.

콧날이 넉넉하면
날마다
잔치가 벌어진다.

......

널리리야!

지화자!

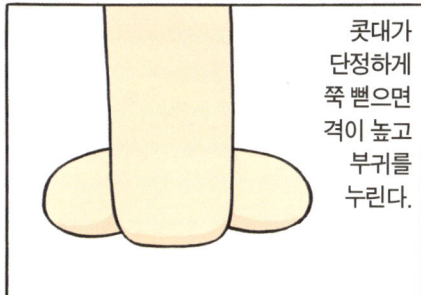

콧대가
단정하게
쭉 뻗으면
격이 높고
부귀를
누린다.

코가 비뚤었으면
거짓말을 잘한다.

비뚤어진 코는
사업 파트너로
적당치 않다.

100000

권투선수들
중에 그런 코
많은데?

그건 사고로
그런 거니까
관계없어요.

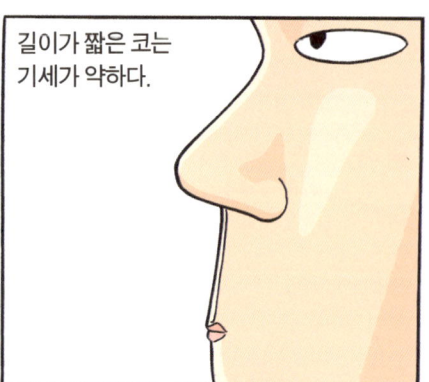

길이가 짧은 코는
기세가 약하다.

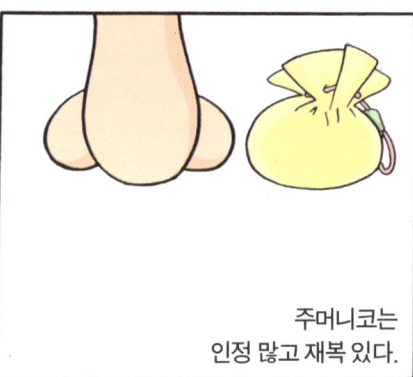

주머니코는
인정 많고 재복 있다.

가냘픈
매부리코는
간교하다.
허나
키신저같이
살 많은
매부리코는
지혜가 많다.

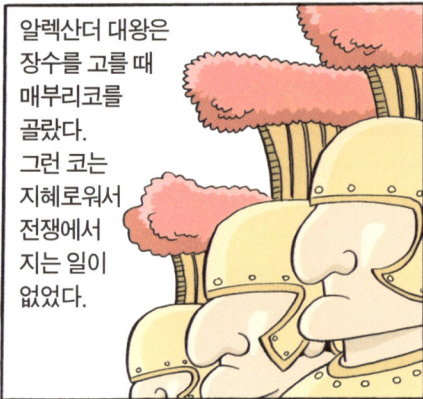

알렉산더 대왕은
장수를 고를 때
매부리코를
골랐다.
그런 코는
지혜로워서
전쟁에서
지는 일이
없었다.

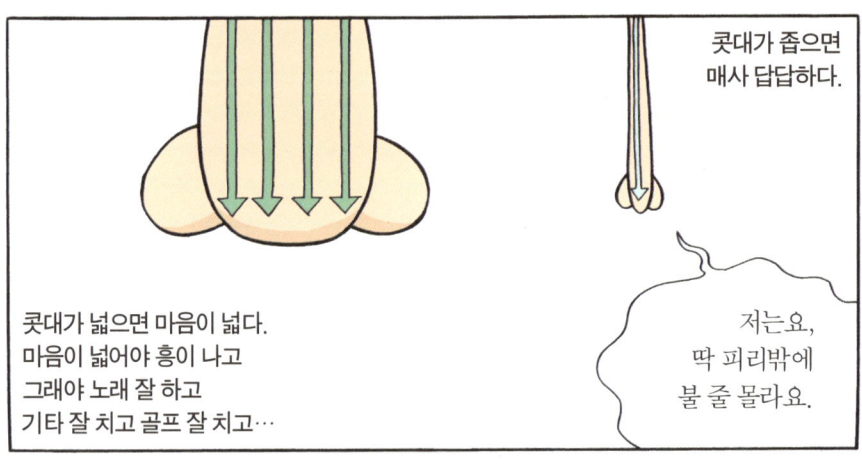

콧대가 넓으면 마음이 넓다.
마음이 넓어야 흥이 나고
그래야 노래 잘 하고
기타 잘 치고 골프 잘 치고…

콧대가 좁으면
매사 답답하다.

저는요,
딱 피리밖에
불 줄 몰라요.

갈고리코는
재물이 새는 걸
막는다.

갈고리코의 대표 격인 정주영 씨는
신발 밑창을 갈아서 신을 정도로 검소했지만
소 떼를 몰고 북으로 갈 정도로
배포가 컸다.

코가 윤택하게 빛나면
벼슬을 하고,
사업도 성공한다.

개도 코가 반짝이고
축축하고 윤기가
있어야 좋다.

거짓말!

밑에서 올려다보지 않아도
코의 모양으로 콧구멍 모양을
짐작할 수 있다.

뾰족코에
둥근 콧구멍이
생길 수
없다.

뾰족코에는
가늘고
긴 콧구멍이
있다.

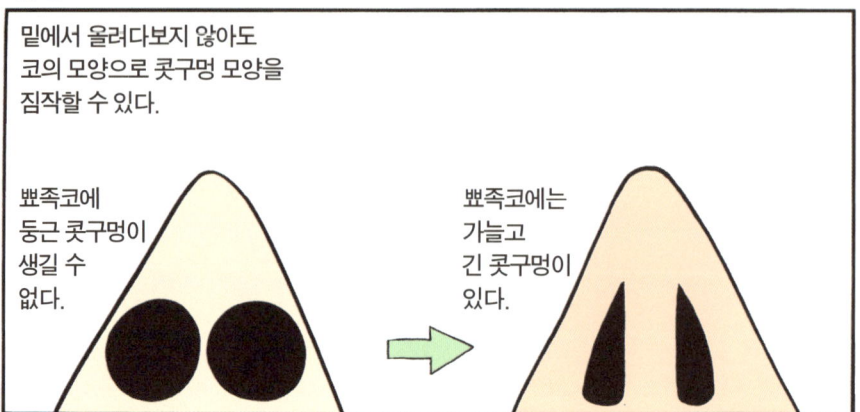

반대로 둥근 코에
뾰족한 콧구멍이 생길 수 없다.

둥근 코에는
둥근 콧구멍이 있다.

이 모양의 코에
이런 콧구멍은
구조적으로
생길 수 없다.

이런
콧구멍일 수밖에
없다.

침통 콧구멍은
작고 낮은 코에
생긴다.

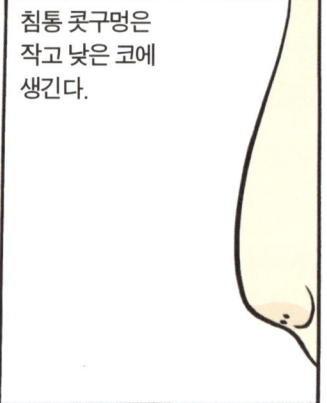

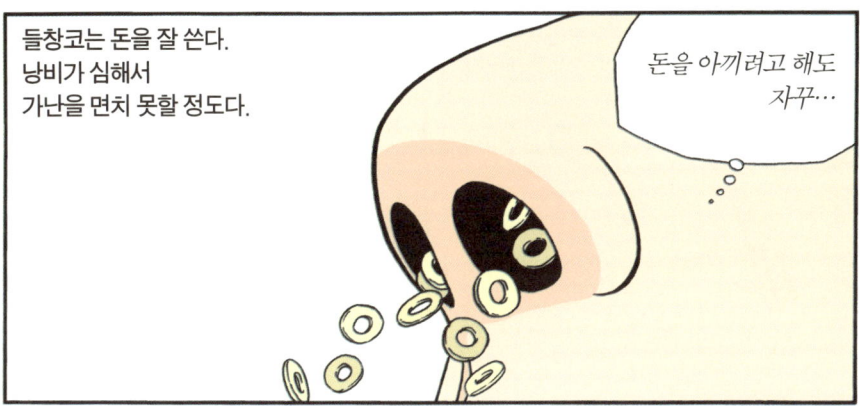

들창코는 돈을 잘 쓴다.
낭비가 심해서
가난을 면치 못할 정도다.

돈을 아끼려고 해도
자꾸…

그러나 들창코라고
모두 돈을 잘 쓰는 건 아니다.
둥근 콧구멍 들창코는
기분파다. 돈을 잘 쓴다.

막 나와.

좋은 안주를 내놓으면
바로 술이 나온다.

술 마시자!

척

슬쩍

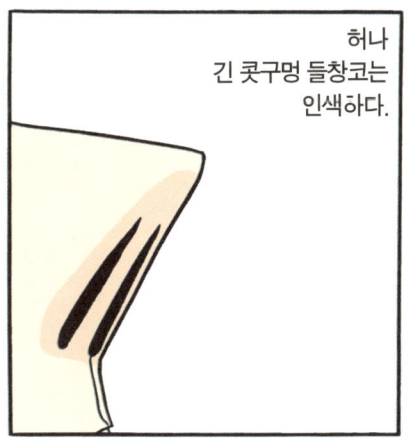

허나
긴 콧구멍 들창코는
인색하다.

돈을 써도
자신을 위해서만
쓴다.

비비빅 하나만
주세요.

아이스케키

콧구멍이 작을수록
더 인색하다.

들창코는 너무 헤퍼서
가난을 면치 못한다.

동업자를 골라야
하는데요.

얼굴을 가리고
코만 내놓고
들여보내세요.

으응.
알았어.

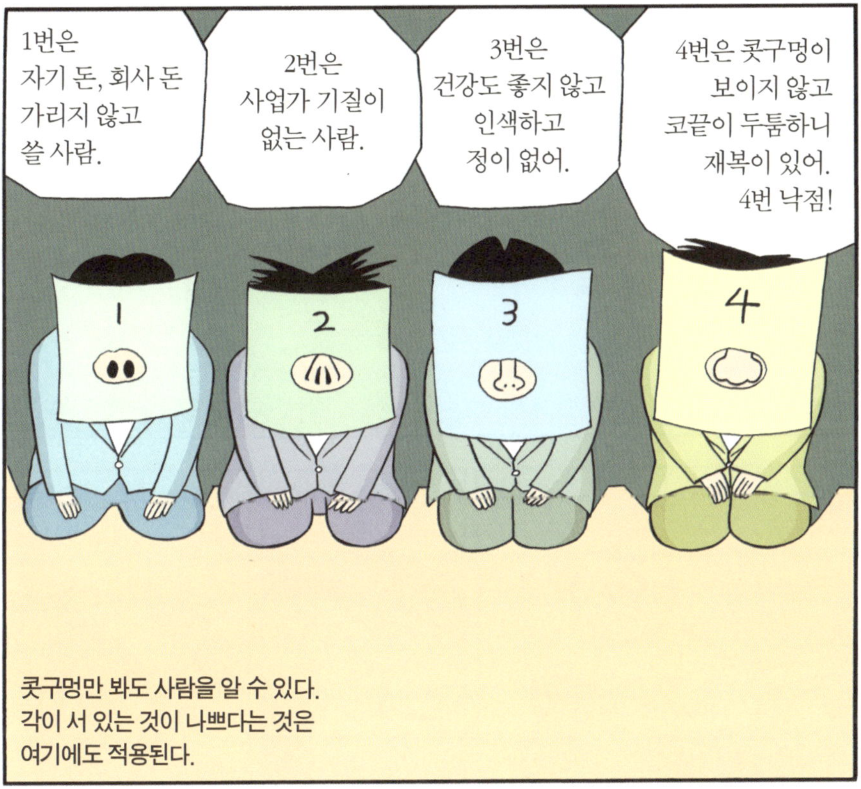

1번은
자기 돈, 회사 돈
가리지 않고
쓸 사람.

2번은
사업가 기질이
없는 사람.

3번은
건강도 좋지 않고
인색하고
정이 없어.

4번은 콧구멍이
보이지 않고
코끝이 두툼하니
재복이 있어.
4번 낙점!

콧구멍만 봐도 사람을 알 수 있다.
각이 서 있는 것이 나쁘다는 것은
여기에도 적용된다.

콧구멍도 각이 없고
둥글어야 마음이 좋다.
콧구멍은 가슴으로
통하는 통로다.

오로지 나밖에 없다

무심하다는 말은
어질지 않고 좋은 마음이
없다는 뜻이다.

無心

양쪽 광대뼈가
기울었으면
아무 세력이 없어.

내 광대뼈는…?

훽

훽

이 틈이다!
생긴 꼴 좀
보자!

훽

헉!

또 가면을
썼구나!

빈틈없는
놈!

공부 계속
하시죠.

탁

광대뼈가 없는 백인들이
인디언 원주민을 어떻게
했나.

너 죽어라,
나 살겠다!

아프가니스탄이
박살났고

이라크가 회복불능으로
망가졌다.

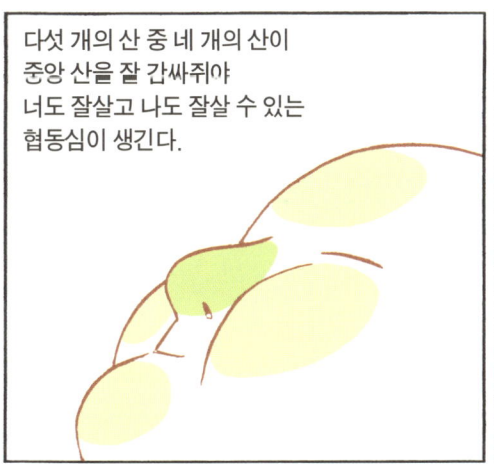

다섯 개의 산 중 네 개의 산이
중앙 산을 잘 간싸줘야
너도 잘살고 나도 잘살 수 있는
협동심이 생긴다.

나무에
반침목을
대는 것과
같다.

자기가 가진 주식을 다 나눠줬다는 이 사람은
다섯 개의 산이 조화를 이뤄서 나보다
우리를 먼저 생각하는 덕 있는 사람이다.

시장에서 극성스럽게 사는 아주머니들을 보면 광대뼈가 발달한 사람들이 많다.

악착같으면서도 인정이 많다.

팔다 남은 거야. 반찬 해먹어.

툭

친구 중에 이런 놈이 있어.

자기가 어려울 때 나는 희생을 하면서 도와줬는데 내가 어려워서 찾아가니까 돈 천 원을 주는 거야.

!

그걸 가지고 나오면서 어찌나 자존심이 상하던지 찢어버릴까 하다가 이나마 없으면 끼니를 굶게 생겼는데 어떡하나. 그 돈으로 때운 식사는 못을 목구멍으로 넘기는 기분이었다.

그 친구 광대뼈가 하나도 없다! 무심한 놈이다!

친구 얼굴이 그렇게 생겼으면 가지 말았어야죠.

책에서만 배웠지 그놈이 그놈인 줄 알았나.

책에서 이론을 얻고 세상 풍파를 넘으면서 수십 년 경험을 쌓아야 이론이 실력으로 바뀌는 거야.

나 고수야. 절에서 10년 공부했어.

이 사람처럼 10년 동안 벽만 쳐다봤으면 사람 얼굴을 알 수 없다. 경험이 중요하다. 겪지 않으면 머리에 남지 않는다.

고정란 씨는 어때요?

내가 쌀 떨어지면 쌀을 퍼줄 상이야.

눈이 인자하잖아. 광대뼈까지 갈 것도 없어.

언젠가 동업을 하겠다고
두 사람이 찾아왔다.

잘될 것
같습니까?

앞에 두고는
모진 얘기를 못하고
한 사람이 나갔을 때
얘기해줬다.

동업하지 마시오.
무심한 사람이오.
고생은 같이하고
호강은 혼자 하려는
사람입니다.

!

그 사람은
광대뼈가 튀어나오지 않고
기울어 있었다.

더불어 살 생각이 없다.
오로지 나밖에 없다.

악!

사람 살려!

아이고, 배고프다.

휘청

지금이 밤 11시. 꼴 공부하니까 시간이 훌쩍 가버리네. 완전히 한 끼 굶었다.

계속 앉아 있었더니 무릎이 뻐근해.

선생님 연세가 70이신데 기운도 좋으셔.

힘든 기색도 없으시잖아.

고성란 씨, 우리 어디 가서 한잔 할까?

밤 11시에 어딜 가? 난 출판사에서 파견한 마수걸이의 감시원이야!

곧바로 집으로 가! 어떻게 꼴을 그릴 것인가 연구해! 한눈팔지 말고 공부해!

무드 없는 고정란, 너 게슈타포지? KGB지? CIA지?

 반골은 역적

임금님
납시오오!

어험!

문안 인사
드리옵니다.

오, 경들
그동안
잘 계셨소.

신하가 임금을 보필하듯
광대뼈가 코를 잘 감싸 주면
나라가 평온하다.

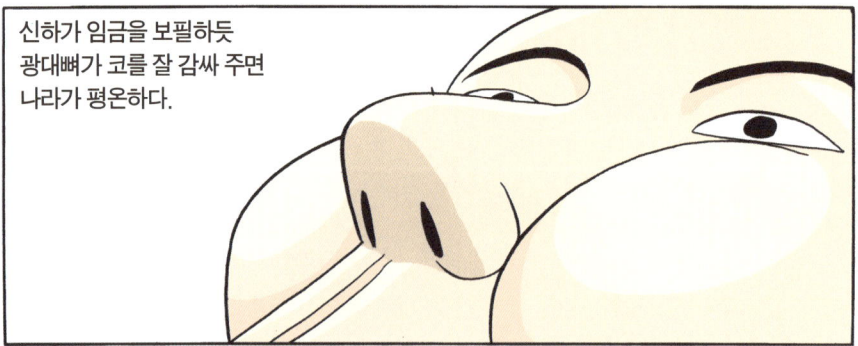

이런 자들이
쳐들어오는 적을
막을 리가 없다.

도망가자!

와!　와!

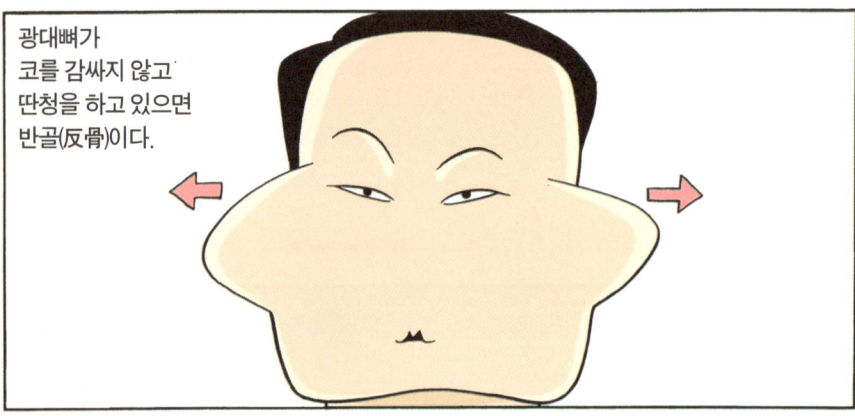

광대뼈가
코를 감싸지 않고
딴청을 하고 있으면
반골(反骨)이다.

신하인 광대뼈가
임금인 코를 돕지 않아
콩가루 집안이다.

그런 사람은 대부분 마른 편이죠?

그렇지.

그런 사람이 살이 찌면요?

뼈가 튀어나오면 살 이야기까지 갈 것도 없어요.

임금을 졸병으로 안다니까!

바람을 막아 줄 광대뼈가 없는 코는 춥고 외롭다.

선악을 구분한다

동쪽 강.

서쪽 강.

남쪽 강.

북쪽 강.

네 곳의 강물 줄기를
한곳으로 모아서
넓은 바다로
쏟아붓는 강이
인중이다.

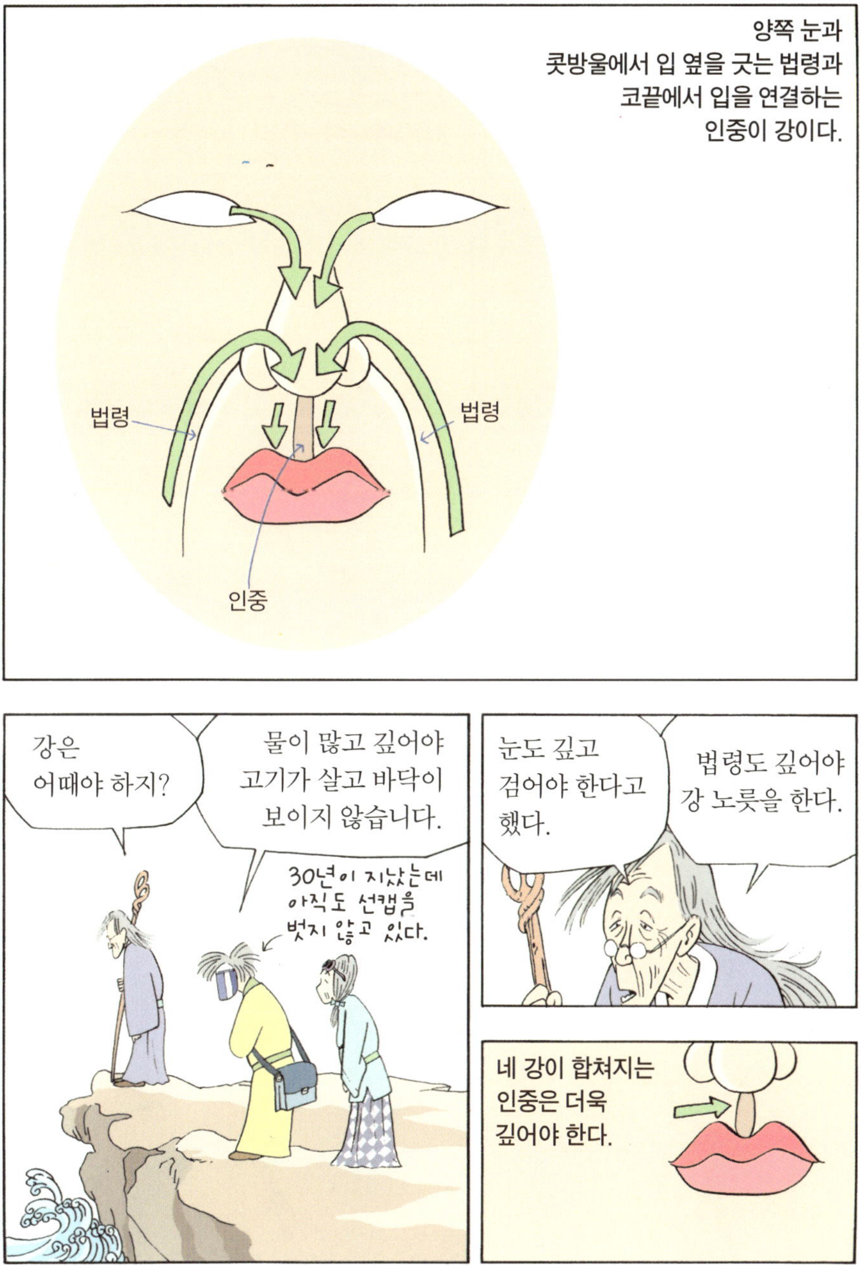

양쪽 눈과
콧방울에서 입 옆을 긋는 법령과
코끝에서 입을 연결하는
인중이 강이다.

법령

법령

인중

강은
어때야 하지?

물이 많고 깊어야
고기가 살고 바닥이
보이지 않습니다.

30년이 지났는데
아직도 선캡을
벗지 않고 있다.

눈도 깊고
검어야 한다고
했다.

법령도 깊어야
강 노릇을 한다.

네 강이 합쳐지는
인중은 더욱
깊어야 한다.

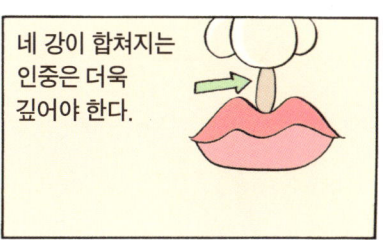

보내야 할
물은 많은데
받는 곳이 좁으면
어떻게 돼?

넘치죠.

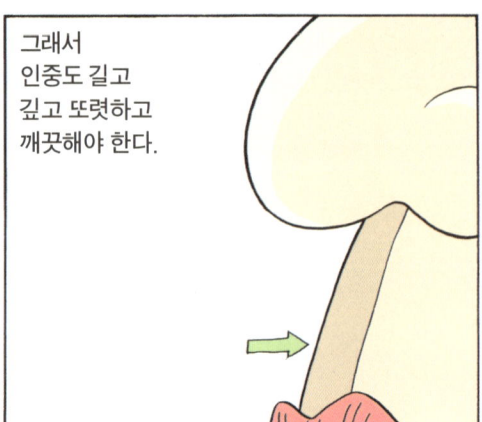

그래서
인중도 길고
깊고 또렷하고
깨끗해야 한다.

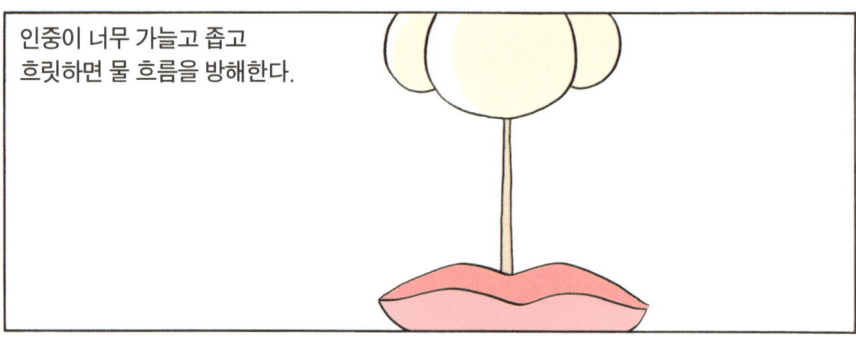

인중이 너무 가늘고 좁고
흐릿하면 물 흐름을 방해한다.

인중을 보면
선악을 구별할 수 있다.

억새처럼 강한 성격

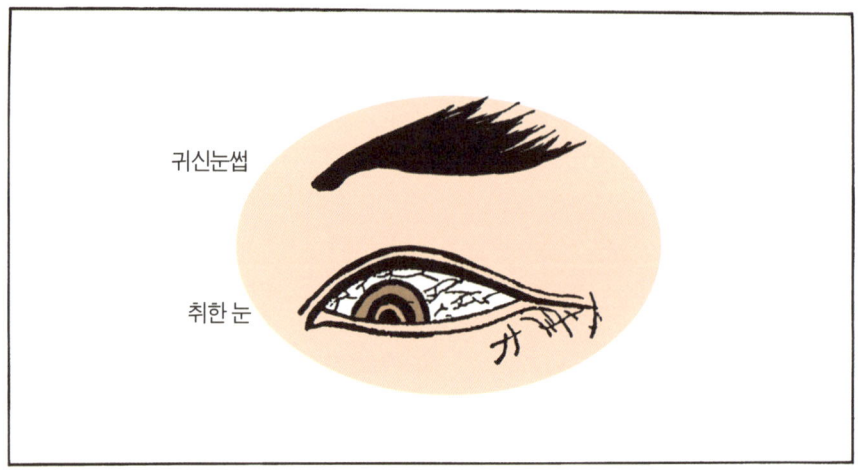

귀신눈썹

취한 눈

눈썹은 기질이다.
귀신눈썹은 억새풀처럼
거칠어서 강한 성격이다.

눈은 보통인데
눈썹이 무성하고 억세면
강한 성격이야.
눈보다 눈썹을 봐야 해.

따르릉

여보세요. 대마 씨?
그것보다는 비둘기가 더
효과 있을 텐데. 세 번 말고
두 번, 청마는 독하니까
한 움큼만 넣고.

응응.
지금
공부 중이니까
끊어!

나하고 호형호제
하는 사람인데 간이
나빠서 복수가 찬대.
약을 일러 줬더니
자꾸 딴소리
하잖아.

자,
공부 계속!

귀신눈썹은
심보가
좋지 않다.

도심(盜心)이
자주 발동한다.

슬쩍

빈말을 잘한다.

나는 착해서 거짓말 못해.
남의 성냥 한 개비도
공짜는 싫어해.

앗!
내 라이터!

하는 짓을 보면 좋은 일은
한 가지도 배운 적이 없는 듯하다.

툭 툭

훔칠 것만 찾는다.

아무리 좋은 얘기를 해도
통하지 않는다.

네 이웃을
사랑하라.

너나
많이 해!

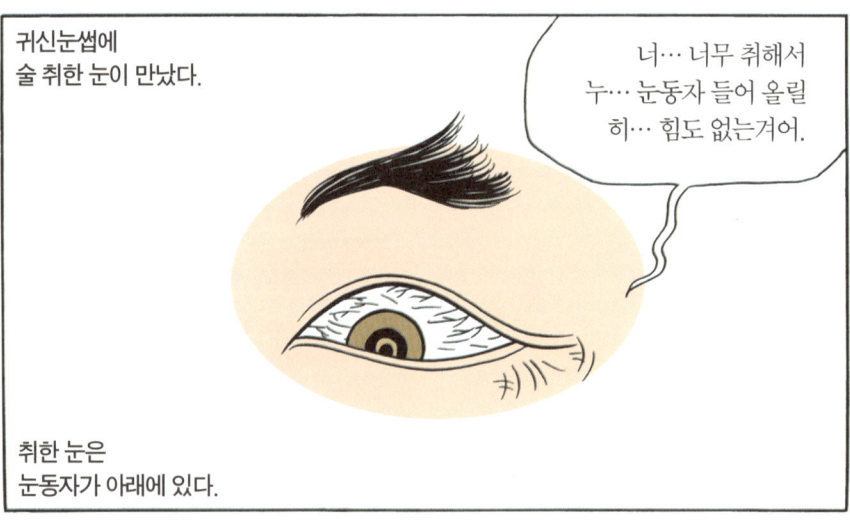

귀신눈썹에
술 취한 눈이 만났다.

너… 너무 취해서
누… 눈동자 들어 올릴
히… 힘도 없는겨어.

취한 눈은
눈동자가 아래에 있다.

여성의
취한 눈은
음탕하고

내 가슴이
뛰고 있는데
만져 볼래?

남성의
술 취한 눈은
남의 물건에
관심이 많다.

가슴은 필요 없고
이 진주 목걸이
진짜냐?

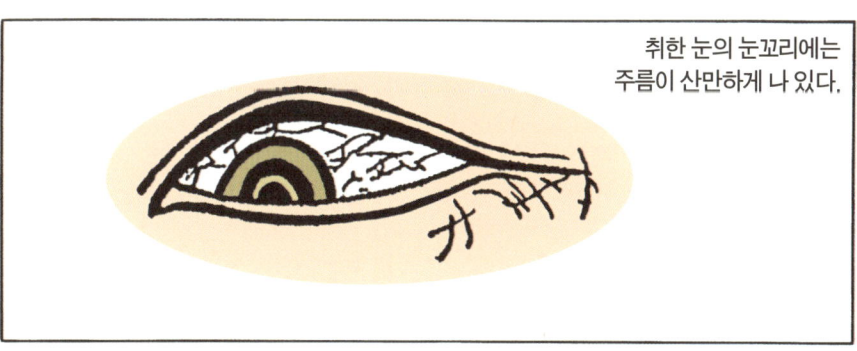

취한 눈의 눈꼬리에는
주름이 산만하게 나 있다.

남의 물건도 내 물건이라고 생각하는 귀신눈썹과
남의 물건을 갖고 싶어 하는 취한 눈이
만났으니 주위에
남아나는 것이 없다.

와아!
사업하는 사람은
꼴을 보고
직원을 뽑아야겠네요.

필수지!

얼굴은 오장육부

얼굴과 몸을 보면 기질이 보인다.

얼굴이라는 게 오장육부에서 끌어올라 온 거거든.

화산이 괜히 터져? 아니지. 보이지 않는 땅 밑 깊은 곳에서 불기운이 모였다 터져 나오는 거잖아.

그거하고 얼굴하고 무슨 상관 입니까?

인간도 마찬가지다. 보이지 않는 땅속이 마음이고 드러난 화산이 얼굴이다.

불기운이 다양한 화산 모양을 만들 듯이 오장육부의 기운이 뻗어 올라와서 만든 것이 얼굴이다.

누구는 우람하고 누구는 가냘프고 누구는 예쁘고 누구는 밉고…

왜 나를 봐?

힐긋

이게 모두 오장 육부의 기운 때문이다.

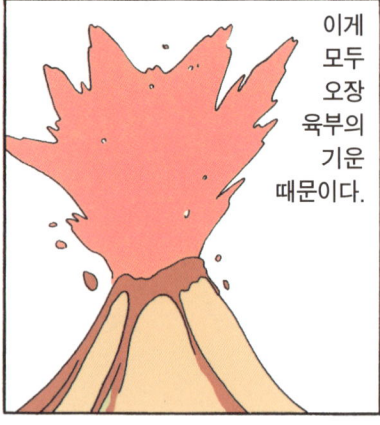

얼굴이 부모를 닮는 것이 부모의 오장육부 기운을 물려받았기 때문인가요?

그렇지. 그 기운이 어디 가나? 그래서 닮는 거야.

오장, 즉 폐, 심장, 비장, 간장, 신장의 기운이 모여서 얼굴이라는 형상을 만들었다.

한의학에서는 얼굴을 보고 오장의 기운을 알 수 있다고 한다는데요.

맞아. 얼굴에 모든 세포, 경락의 기운이 연결되어 있거든.

안과 밖이 통해 있다. 내외상통.

＊경락(經絡) : 인체의 기혈을 운행하고 조절하는 통로로서 병이 나면 이곳에 침을 놓는다.

'마음이 중요하지, 외모가 중요하지 않다' 는 말은 잘못되었디.

마음이 좋으면 외모도 좋다. 마음이 나쁘면 외모도 나쁘다.

으르릉

마음의 기운
즉 심기가 얼굴로
형상화된 것이다.

얼굴 자체가
마음이다.
마음 다르고
얼굴 다른 게
아니다.

생김새
즉 꼴을 보고
마음을 읽는 것이
상법이다.

허나 꼴을 보고
깊은 곳에 감춰져 있는
마음까지 읽기는
쉽지 않다.

천인천색,
만인만색

감성과 이성

아!
선캡을 보니 또 공부할 마음 안 생긴다.

지금 독자들이 난리났어요.
마수걸이 얼굴이 어떻게
생겼냐고…

필자 집사람도
마찬가지다.

언제
선캡 벗어요?

가르쳐줄 수
없어.

어떻게 생겼는지
나한테만 얘기해줘요.

비밀이라니까.

나중에 선캡 때문에
재미없기만 해봐.

크ㅎㅎㅎ.

필자가 이런 지경인데
벗을 수 없지요.

영화배우 김혜수랑
맞선 본다면?

앗!

고…
공부합시다!

파라락

눈은 검은자위
흰자위의 흑백이
분명해야
귀한 눈이야.

언젠가는
벗기고
말 테다.

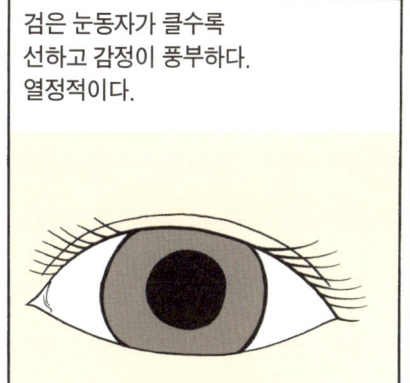

검은 눈동자가 클수록
선하고 감정이 풍부하다.
열정적이다.

연예인 중에
이런 눈이 많다.

눈동자가 작으면 작을수록
이성적이고 정신력이 강하다.
다정스럽지 못하다.

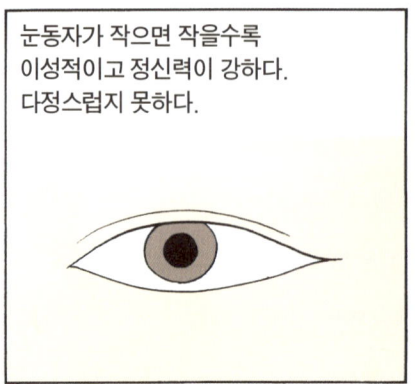

지나치게 흰 색은
살이다.

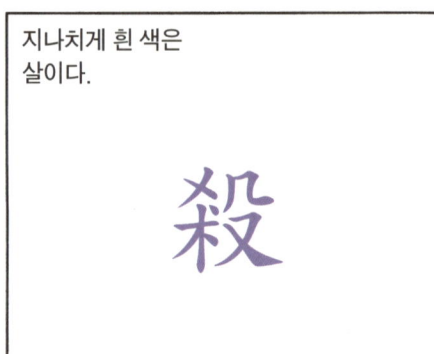

가을 서리가 하얗게 내리면
만물이 죽듯이
눈의 흰자위가 많으면
좋지 않다.

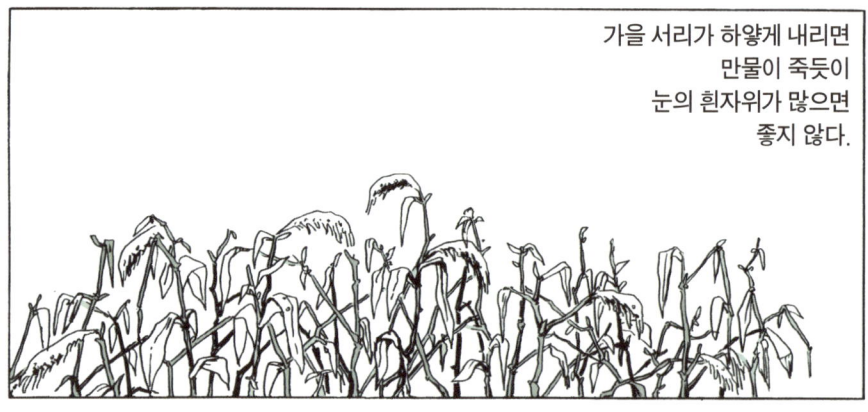

흰자위가 붉거나 누런 색이면
부모나 처자에게 이롭지 못하다.

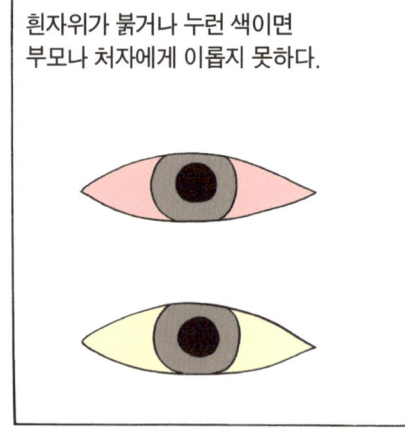

재앙이 따르고
오래 살지 못한다.

필자에겐
래브라도 리트리버가
한 마리 있다.

기다려!

영국 개니까
처칠이라고
이름 지었고
시가를 대신해
뼈다귀 물리는
훈련을 했다.

이 녀석은
먹을 것을 달라거나
산책을 나가자고 할 때
내 옆으로 온다.

앗!

이놈 눈은 어찌나 선하게 생겼는지
눈을 마주치면 요구를 들어줄 수밖에
없다.

훅

안 돼!

앗!
이쪽으로!

또 졌다.

눈이 잘생기면
먹을 복이 많다.

 # 눈 노랑이는 인색해

호랑이는
혼자 사냥하고
혼자 식사한다.

먹고
남으면

너 먹어.

절대
이런 법이
없다.

잘 챙겨
놓았다가
다음에
식사한다.

다음을
생각하지 않고
한번에 배 터지게
먹어 버리는 건
바보짓이지.

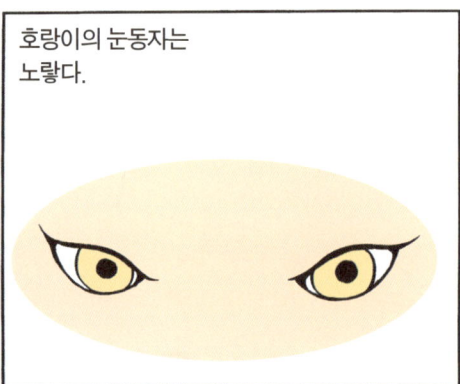

호랑이의 눈동자는
노랗다.

은퇴한
노인들

네가 오늘
저녁 사라.

내가
왜 사?

친구끼리
밥 사는데
이유가 있냐?
너는 노후 준비
다 해 놨잖아.
그런데 왜
밥 안 사?

괜히
왜 사?

네 밥 얻어먹은 친구가 한 사람도 없다는 거 알아?

나중에 살게.

나중까지 갈 것 뭐 있어? 오늘 사!

나 오늘 돈 안 가져 왔으니까 다음에 산다고!

계속 다음 다음,
진짜 다음은
영원히 오지 않았다.

눈이 검지 않고 노랗다.
빛이 없는 호랑이눈이다.

빛나지 않는 호랑이눈은 인색하다.
남의 물건을 탐낸다.
자기밖에 모른다.

내가 안 챙기면 누가 밥 줘?

호랑이눈의 몸은
살이 많지 않고
뼈가 강하다.

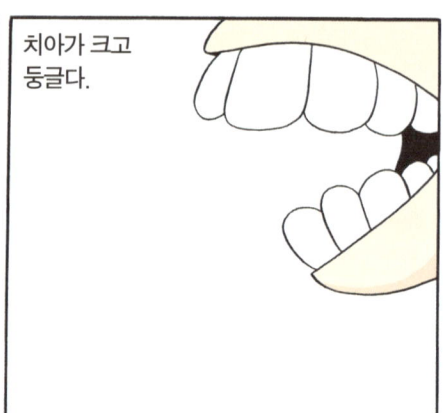

치아가 크고
둥글다.

두상이 짧고
이마가 좋다.

혼자 놀기 때문에
외롭다.

호랑이눈은 노랗다.
눈 노랑이다.
노랑이는 인색하다.

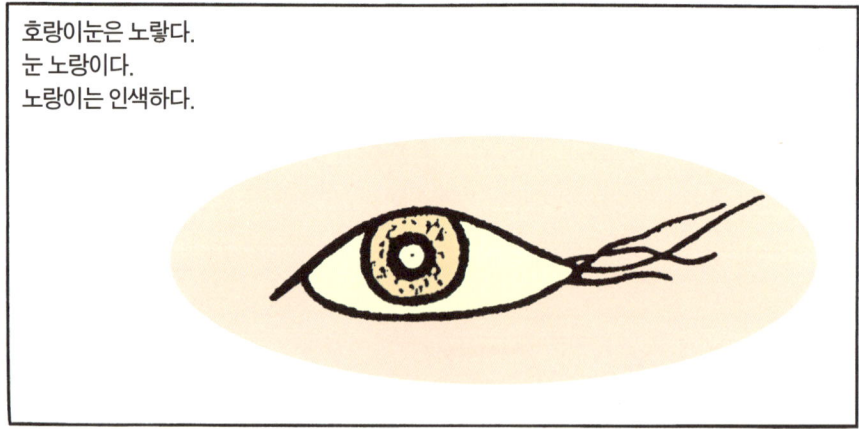

재물뿐 아니라
모든 일에 마음 씀씀이가
치졸하다.

넌 몇 번이나
밥 샀다고!

친구들뿐 아니라
가족들에게도
인색하다.

미국을
20만 원 깎고
어떻게 가요?

싫으면 내 놔.
나는 미국도
못 가 본 사람이야.

주역에서
제일 나쁜 말은 바로
'인색'이다.

깍쟁이 짓해서
남는 게
뭐 있었수?

 ## 콧구멍 작은 사람에겐 돈 꾸러 가지 말라

선물을 줄 줄은 모르고
받을 줄만 안다.

부인이 아파 누워도 돌보지 않는다.

딸과 사위에게도
돈 꾸어주고
이자 받는다.

연 36% 이자!
너무해 아버지.

이래야 남의 돈
무서운 줄 알고
갚는 버릇 생기는
거야.

이 모든 행동이
마음으로부터 나온다.

선물을 줄 줄 모르고
병자를 돌보지 않고
돈만 밝히는 행동은
축구선수가 자살골
넣는 것과 같다.

앗!
어디로
차는 거야!

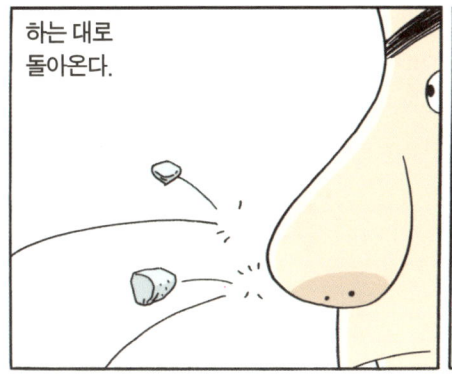

하는 대로
돌아온다.

콧구멍 작은 인간에겐
돈 꾸러 가지 말라는
말이 있다.

그럼
편하지 뭐.

오래전에 필자가
갑자기 사고 싶은
오디오가 있어서
친구에게 돈을
꾸러 갔다.

……

형편 안 되면
사지 마라.

나중에 그 친구가 집을 살 때
부족한 돈을 일부러 자청해서 빌려 줬다.
무슨 의미인지 알기나 했을끼?

그 친구
인생관은
이렇다.

돈 안 빌리고
돈 안 빌려주고!

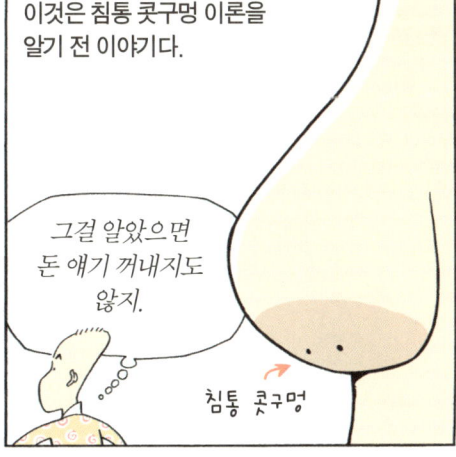

이것은 침통 콧구멍 이론을
알기 전 이야기다.

그걸 알았으면
돈 얘기 꺼내지도
않지.

침통 콧구멍

콧구멍은 부뚜막이다.
구멍이 작으면
잔가지만 들어간다.

방이
따뜻할 리
없다.

추위!
불 좀 때!

방에 놓아둔
냉수가 얼지만
않으면 되지.

으~
나도
춥다.

콧구멍은 재물의 통로인데
너무 작으면
소통이 되지 않는다.

많이 주고 싶어도
넣을 길이 없어.

워낙 소인배고 인색하니
작은 동네 부자 정도는
될 수 있다.

하지만 쌓기만 하고
쓸 줄을 모르니
돈이 구실을 못하고
썩어버린다.

멍청이,
돈은 안 썩어!

돈을 꿔 쓴 사람이
도망치거나 망하거나,

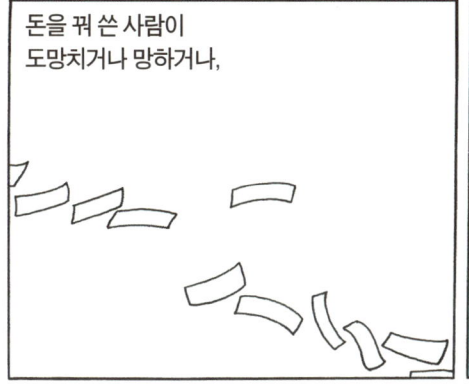

2세가 엉뚱한 데 퍼붓는다.
그런 돈이 썩은 돈이다.

침통 콧구멍은
자기 자신에게까지
인색하다.
누릴 줄을 모른다.

배 안에
들어가면
마찬가진데
뭘…

컵라면

재산이 많아도 쓸 줄 모르면
주위에서 비난의 화살을 받는다.

후루룩

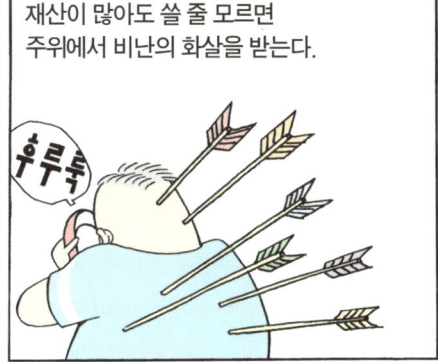

누릴 향(享).
주위가 전부 누릴 수 있도록 베풀면
향복(享福)이 커진다.

천하만사가
마음에서 시작한다.

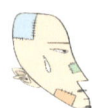 ## 어깃장 잘 놓는 사람은 귀를 보라

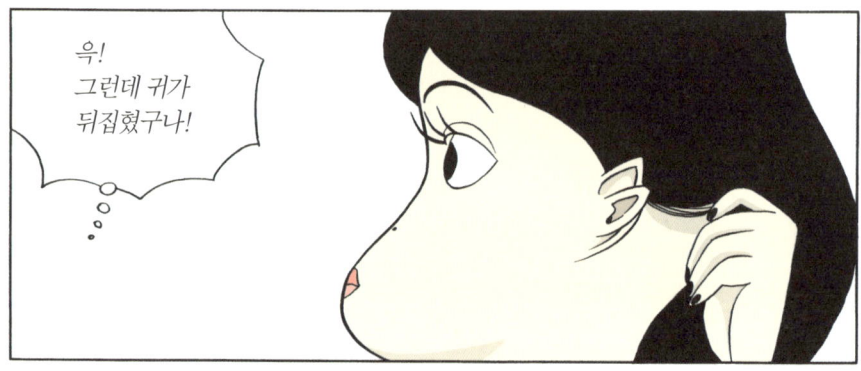

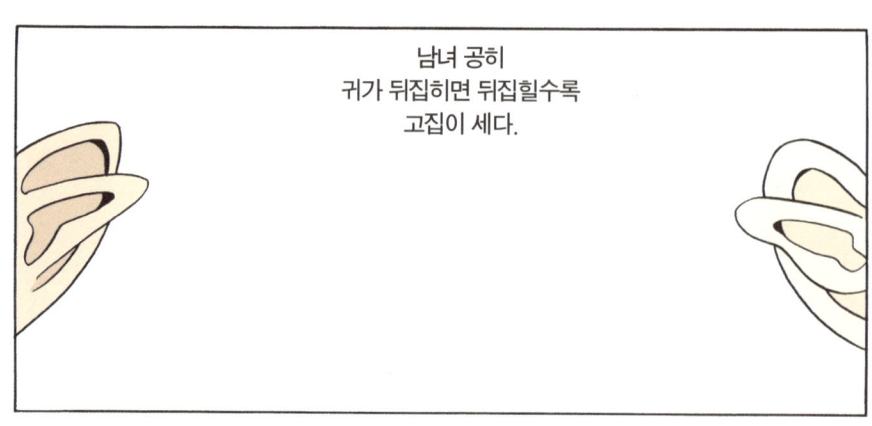

남녀 공히
귀가 뒤집히면 뒤집힐수록
고집이 세다.

99명이 한식 먹자고 하는데
혼자 중식 타령한다.

비빔밥!

자장면!

쩍

전부 A가 옳다고 하는데
혼자서 B가 옳다고 한다.

이거
조선 백자지?

신라 백자야!

그런 여자는 한 지아비를 섬기고
살기 어렵다.

추워.

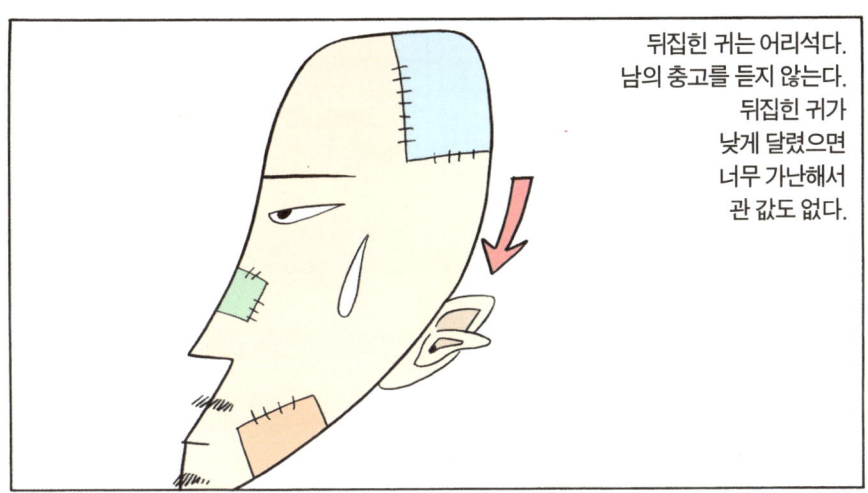

뒤집힌 귀는 어리석다.
남의 충고를 듣지 않는다.
뒤집힌 귀가
낮게 달렸으면
너무 가난해서
관 값도 없다.

기막힌 미인이라도 뒤집힌 귀를 달았으면
화장실 소리는 요란한데 개 먹을 것 없는 격이다.

빠르르 콰쾅 뿌우욱

W.C

으르르

 ## 노골적이면 근심 걱정 떠날 날이 없다

사람 코나 산이나 마찬가지야.

뾰족뾰족한 설악산과 둥그런 지리산을 보자고.

설악산은 웅장하고 보기 좋지만 넉넉해 보이지는 않는다. 흙이 없고 바위만 튀어나왔기 때문에 여유가 없어 보인다.

반면 지리산은 흔히 '어머니의 산'으로 표현된다. 바위보다는 흙으로 덮여 있어서 푸근한 느낌이 든다.

'살은 돈이다'
라고 했지?

예. 그것 때문에
마구 먹어서
2kg 늘었어요.

난 가난해도
좋아. 절대
안 먹어.

산을 볼 때 흙은 살이고
바위는 뼈로 보면 된다.

그로 설악산은
뼈가 많은 산,
지리산은
살이 많은 산이다.

꼴로 보면
지리산이
좋은 꼴이네요.

♪♬♪

여보세요.
그래, 너 나쁜 놈이야.
인간이 왜 그래?
평생 소형차나 타고 다녀 인마!

노골석이네.

정말,
어쩜 그런
악담을…

이때 쓰인 '노골' 이란,

露　骨

이슬 로　　　　뼈 골
드러날 로

노골은
뼈가
드러난다는
뜻이다.

흙이 있어야 농사를 짓고 오곡백과가
풍성할 텐데 바위투성이여서,
농사가 어렵다.

결국 가난을 면치 못한다.

요 모양 요 꼴로
지내는 건
노골코 때문이야!

붓게 만들어서
뼈를 감추자.
에익! 에익!

팍

팍

칼등코는
곡식이 자랄 자리가 없다.

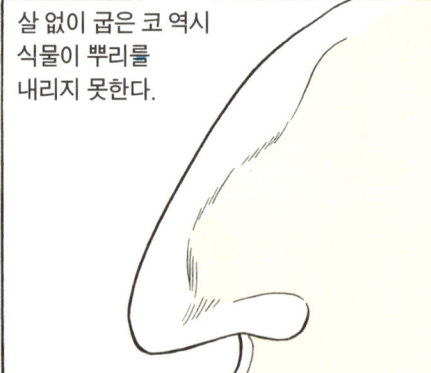

살 없이 굽은 코 역시
식물이 뿌리를
내리지 못한다.

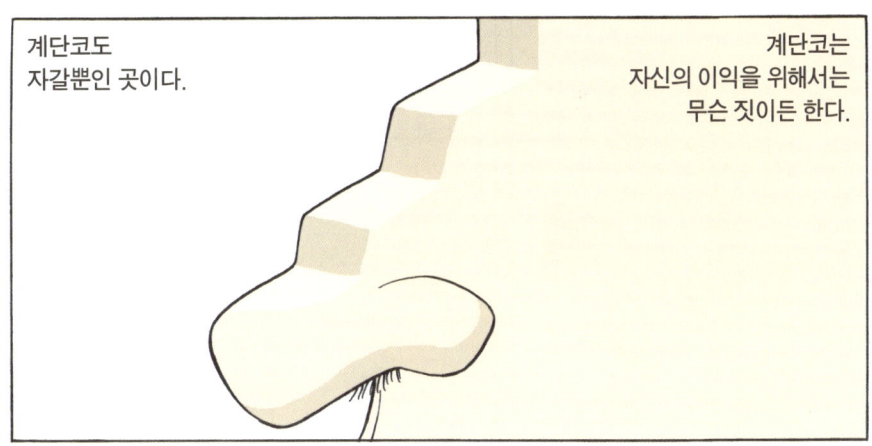

계단코도
자갈뿐인 곳이다.

계단코는
자신의 이익을 위해서는
무슨 짓이든 한다.

휙

자기
계단코야?

퍼석퍼석한
비곗살이 복하고
거리가 멀다고 했지만
마른 사람보다는 낫지.

비곗살은 옆에서
도와주는 사람이
생기더라고.

자갈밭은 아무리 노력해도
근심 걱정이 떠날 날 없다.

ㅇㅎㅎ
내… 내 코가 계단코인데
어떻게 살아가야 하나아아.

코를 누를 만한
기세를 찾아
보자고요.

타협할 줄 모른다

부장님,
제 아이디어
어떻습니까?

지금 잘하고 있는데
이런 것까지
할 필요 없잖아.

!

한심해!
잘하고 있으니까
다른 일은 벌일
필요 없다고?

저런 사람이
윗자리에 앉아
있으니, 쯧쯧.

에잇!
이 회사는 나하고 안 맞아!
다른 데로 옮겨 버리자!

탁

사표

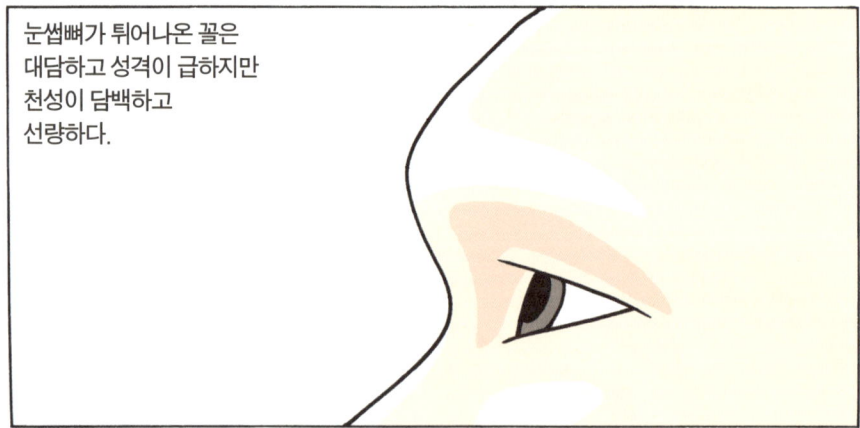

눈썹뼈가 튀어나온 꼴은
대담하고 성격이 급하지만
천성이 담백하고
선량하다.

너무 강해서
한 가지밖에
모를 정도로
단순하다.
타협이 없다.

이런 꼴은
무장이 되어야
맞다.

관우 스타일보다는
장비 스타일이다.

형님은 쉬서.
내가 해결할
테니까!

용감하고
맹목적이고
강직하다.

이야
아아

느그들
장비 본 좀
볼 수 없냐!

그러나 지혜가 부족하다.
너무 단순하다.

성님,
죄송합니다.
눈썹뼈 높은
아우 찾아
보겠습니다!

자신의 이익을
따지지 않고
오로지 외곬으로만
뻗는다.

불편한 걸 못 참는다.
얼굴에 바로 나타난다.

카아악

……

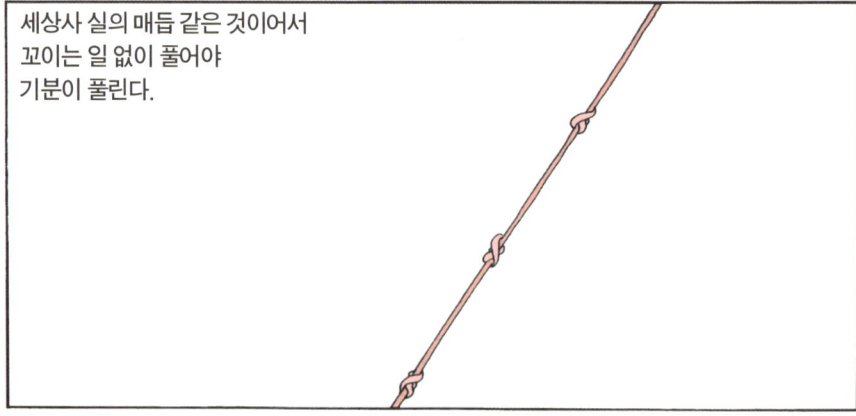

세상사 실의 매듭 같은 것이어서
꼬이는 일 없이 풀어야
기분이 풀린다.

잘못된 줄 알고 미안한 줄 알면서도
'잘못했다', '미안하다'라는 말을
쉽게 하지 못한다.

저는 한번 아니다 싶으면
다시는 안 봅니다!

부서워!

파지지

도리에 어긋나고
인간 이하의 행동을
하는 사람과 싸워 봤자
성질만 나빠지죠.

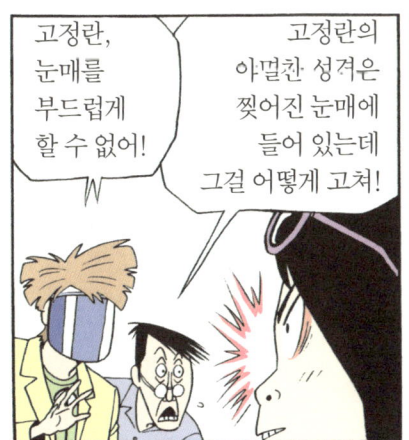

고정란,
눈매를
부드럽게
할 수 없어!

고정란의
아멸찬 성격은
찢어진 눈매에
들어 있는데
그걸 어떻게 고쳐!

천성불개
(天性不改)!

천성은
고쳐지지 않아.
질그릇이
사기그릇으로
바뀌는 것 봤어?
절대 안 바뀌어!

대칭이 안 되면 무기력하다

기울어진 쪽은
바탕이 허술하니
재물을 지킬 수가
없다.

그러니 이 색시하고
혼례를 올리도록 하거라.

색시가 결정됐으니
다 돌아가시오!

용권아,
딱지치기 아직 하고 있지?
나 금방 갈게.

미련이 하늘을 찌른다

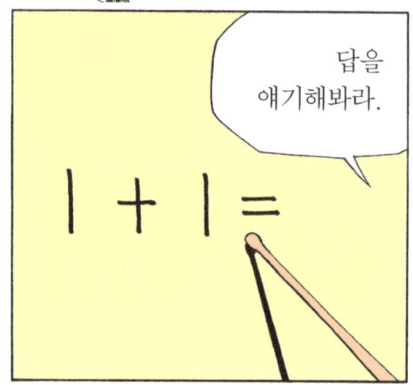

답을 얘기해봐라.

$1 + 1 =$

1이 두 개니까 11이지요.

!

$1 + 1 =$

으이그, 이 미련한 놈아!

딱

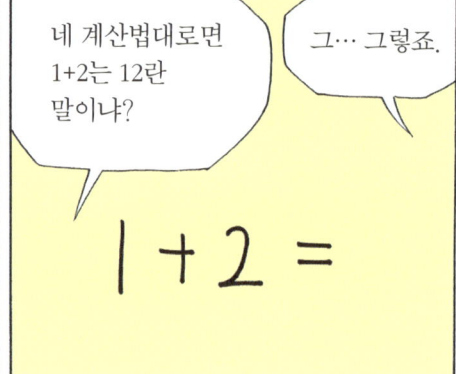

네 계산법대로면 1+2는 12란 말이냐?

그… 그렇죠.

$1 + 2 =$

미련이 하늘을 찌를 놈!

딱

이 학생의 얼굴에 이미 미련이 쓰여 있다.

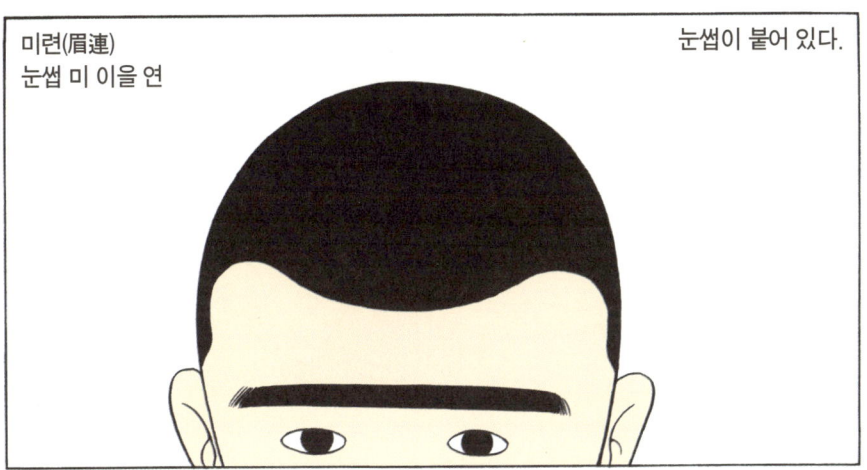

미련(眉連)
눈썹 미 이을 연

눈썹이 붙어 있다.

눈썹이 붙어 있으면
눈썹 사이가 없거나
좁은 것이다.

눈썹 사이에
지혜가 없다.
미련하다.

내가 있을
자리가
없구나.

이! 미련하다는 것이
붙은 눈썹을
얘기하는 거구나.

한문공부도
재밌네!

험! 험!

이런 눈썹은
이해심이 부족하다.

신경질적이다.

무슨 말을 못한다.

흥!

생명궁을 보는
눈썹 사이가 좁아졌으니
장수하지 못한다.

미련이 나쁜 것만은
아니다.

'미련이 담벼락을 뚫는다'
라는 말이 있다.
미련한 사람이
일을 시작하면
끈기가 있어
끝을 보고 만다.

부부궁은
자녀궁

신랑감 고를 때

고정란은 신랑감 고를 때 귀를 잘 봐.

눈, 코, 귀, 입, 모든 게 단정하게 생겨야 인격 자체도 단정한 거야. 그중에서 특히 귀가 단정해야 해.

옛, 명심하겠습니다.

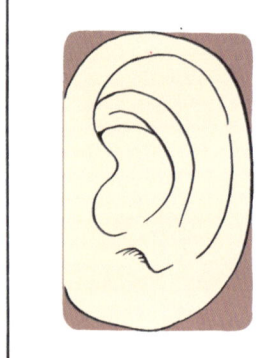

귀가 네모난 듯 방하면 재물이 넉넉하다.

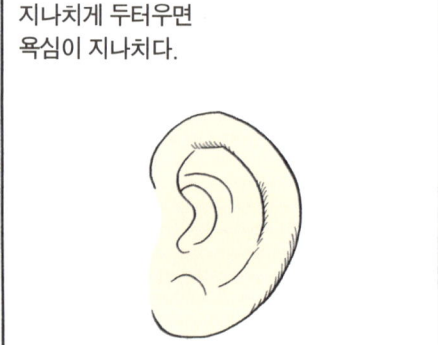

지나치게 두터우면 욕심이 지나치다.

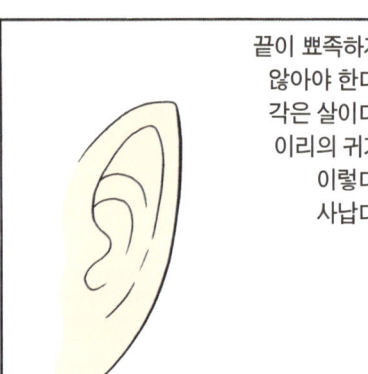

끝이 뾰족하지 않아야 한다. 각은 살이다. 이리의 귀가 이렇다. 사납다.

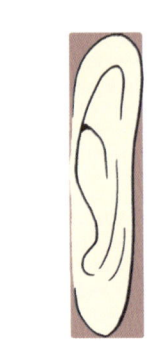

눈에 띄게 좁지 않아야 한다.

작은 귀보다
큰 귀가 덕이 있다.

나?

귀의 위치는
낮을수록
좋은 거지요?

이승만, 박정희 귀가
눈초리 아래였거든요.

그 반대!

예?

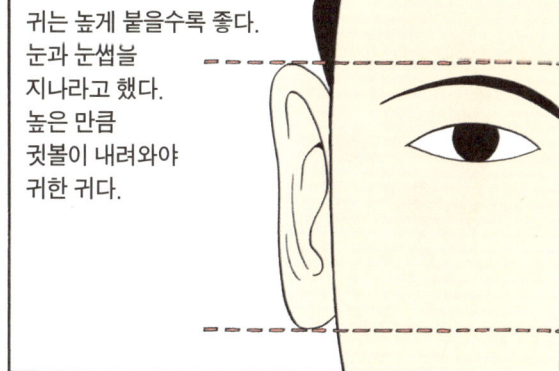

귀는 높게 붙을수록 좋다.
눈과 눈썹을
지나라고 했다.
높은 만큼
귓볼이 내려와야
귀한 귀다.

머리를 약간 치켜들면
귀가 아래로 내려가고

약간 수그리면
귀가 올라가는데
어디다 기준을 두죠?

벽에 이마와 코를 댄
상태가 기준이다.

쿵

은빛처럼 희면 좋은 귀지만

눈같이 하야면 격은 높아도 정이 없다.

젓가락으로 먹으면 선캡을 말이 올려야 하니까 포크를 이용한다.

으이그, 보기 싫어.

한때 대통령 자리를 노린 후보 중에 이런 귀가 있었다.

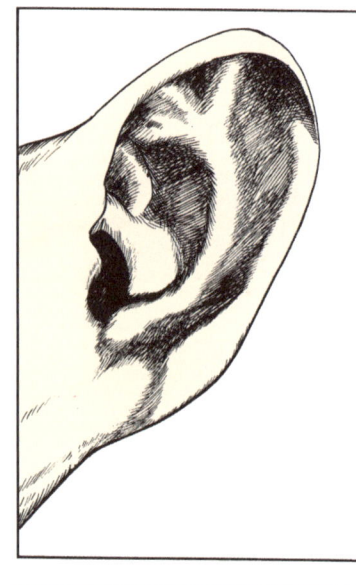

악의가 없다.
남의 물건 탐 안 내고
내 물건 남 주지 않는다. 매정하다.
훈훈한 정이 없고 냉철한 이성파다.
허나 덕이 없다. 베풀 줄 모른다.
정치는 손해도 보고 모험도 하는 건데
안전빵으로 가려고 하니
지도자가 될 수 없었다.
귀가 잘생겼었다면 대통령 선거 때
한판 승부도 해볼 만했다.

귀가 얼굴보다 희면 이름을 떨친다. 지혜롭기 때문이다.

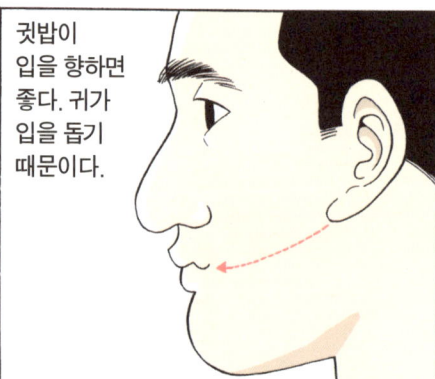

귓밥이 입을 향하면 좋다. 귀가 입을 돕기 때문이다.

얼굴 정면에서 볼 때
귀가 드러나면
격이 낮다.

귀가 착 붙어버려서
정면에서 잘 보이지 않으면
같은 모양의 귀라도 격이 다르다.
크게 성공한다.

남편의 능력, 남편의 신분

코가 왜 그래?

……

지하철에서 내리다가 부딪혔어요.

쯧쯧.

오늘 데이트 약속 있었는데 코가 이래서 다음에 만나자고 했더니 며칠 있다 유학 간대요. 하필 이럴 때 코를 다쳐서…

그러니까 남자 운이 없는 거지.

코는 남편을 보는 거니까.

대신 코가 두툼해졌으니까 능력 있는 남자를 만날 거야. 헤헤.

뭐가 우스워! 코도 없는 주제에!

여성의 코 생김새에 따라서 A급 남편을 만나느냐, B급 남편을 만나느냐가 결정된다.

코뿐인가,
이마도 남편을 본다.

코는
남편의
능력을
보고
이마는
남편의
신분을
본다.

코가 잘생겨서 능력 있는 남편을 만났다고 해도
이마기 좁거니, 낮거니, 너무 높거니,
머리카락이 이마를 침범했다면 남편은 격이 낮다.
즉 돈은 잘 번다 하나
수준이 낮다.

맨홀,
학교 대문,
다 뜯어가자!

현담비가
코 중의
왕이잖습니까?

그렇지.
쓸개코.
왕 중 왕이지.

여성의 코가
현담비면요?

*현담비 : 쓸개를 실로 묶어서 매달아 놓은 듯 생긴 코, 일명 쓸개코.

어떨 것 같아?

당연히 지구상에 몇 안 되는 부자겠죠. 귀하고 귀한 코니까.

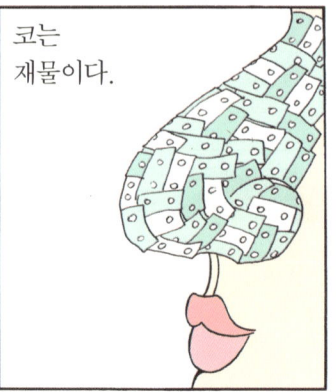

코는 재물이다.

여성의 현담비 재복이 남편의 능력으로 옮겨간다.

현담비 여성은 뛰어난 사업가 남편을 만난다.

이리 와요!

그런 코 싫어!

정말 너무해요. 여성의 현담비 재복까지 남성에게 도둑맞다니…

섭섭해하지 마. 그 복이 그 복이잖아. 남편 복이 내 복이고 내 복이 남편 복이고…

코가 재물복은 없고
격이 높게 생기면

부자 남편은 만나지 못하나
학자 남편은 만날 수 있다.

우리 남편은
초등학교 교사.

우리 남편은
교수.

여성의 타고난 코 복은
남편이 가져다준다.

코의 끝이 못생기면 님편이 해줄 수 없으니
스스로 나서서 먹고산다.

뻑

선생님,
제 코에 대해 사실대로
말씀해주세요.

부은 코에 대한
얘기는 없어!

남편에게 사랑한다는 말 자주 듣고 싶거든

눈썹이 길면
정이 많다.
친절하다.

나 여기서
내려 줘.

무슨 말씀!
어두운 밤에는
별일 다 생기니까
집 앞까지 가야지.

눈썹이 짧으면
정이 없다.
쌀쌀맞다.

무서우니까
집 앞까지 가자.

튼튼한 다리
놔뒀다가
언제 쓰려고?
여기서 내려!

무뚝뚝한 인간보다는
자상한 쪽이 훨씬 낫지.

결혼해 줘요.

물론!

결혼 뒤에도 모든 여성에게 친절하다.

무슨 말씀! 어두운 밤에는 위험하니까 집 앞까지 가야지!

인간아, 그러다가 방까지 들어가겠다.

고마워용.

무뚝뚝한 쪽이 훨씬 나은 건데 잘못 선택했어.

편한 소리 하고 있네.

나는 무뚝뚝한 게 남자다워서 결혼했거든.

얼마나 무뚝뚝 하냐면

시간 있으세요?

내가 실직자처럼 보여요?

다른 여자에게 접근할 틈을 주지 않는 건 좋잖아.

들어 봐.

여보,
나 준비
됐거든~ ♡

정신 나갔나?
추운데 옷 입고
자라.

눈썹이 긴 남성은 정이 넘쳐
아무에게나 자상하다.
없는 시간도 만들어서 봉사한다.

애인은 좋지만 남편감으로는
신경이 많이 쓰인다.

눈썹이 짧은 남성은 무뚝뚝하다.
고독하고 차가워서 혼자 있는 것을 좋아한다.
남편감으로 바람피우는 걱정은
하지 않아도 된다.

시끄러!

사람
살려!

여성들은 혼란스럽다.

두 가지를 섞어 놓은 사람은 없나?

다른 여성에게 말도 안 걸 테니까 결혼해 줘.

결혼하면 사랑한다는 말 하루에 100번씩 할게.

믿지 마라. 새는 바가지 항상 샌다.

이거 어떤 X 전화번호야?

미스 박 번호인가? 미스 송 번호인가? 미스 김 번호인가? 잘 모르겠네.

사랑한다는 말 안 해 줘?

꼭 말로 해야 되냐!

 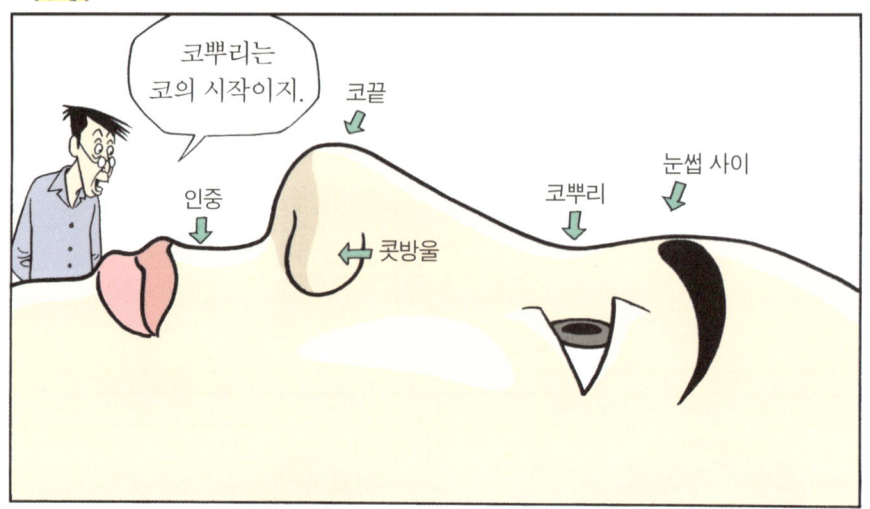

코뿌리는
코의 시작이지.

코끝

눈썹 사이

인중

코뿌리

콧방울

코뿌리 역시
색깔이 유리처럼
맑고 깨끗해야 돼.

모든 곳의 색깔을
강조하시는 걸 보면
그만큼 색깔이
중요하다는
말씀이군요.

색깔이 시원찮으면
찌푸린 날씨와 같은 거야.

날씨가
나쁘면
곡식이
익지 않지?

농사가
잘 안 되면
궁기가
끼지?

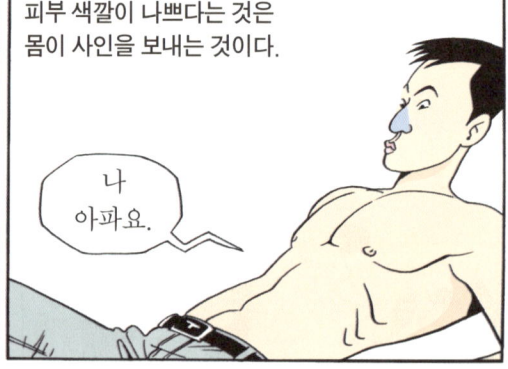

피부 색깔이 나쁘다는 것은
몸이 사인을 보내는 것이다.

나
아파요.

고질병을
앓고 있으면
코뿌리가
때가 낀 듯
어둡다.

코뿌리는
코의
시작이야.

맑고
튼튼해야 해.

태산이라도
쥐 한 마리가
무너뜨릴 수 있다.

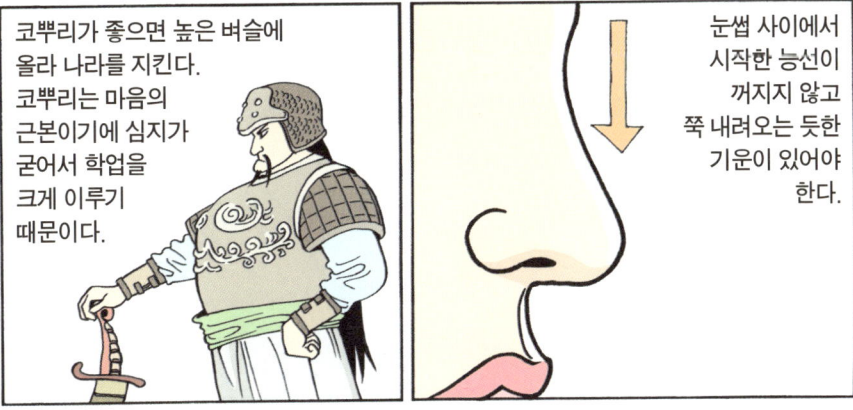

코뿌리가 좋으면 높은 벼슬에
올라 나라를 지킨다.
코뿌리는 마음의
근본이기에 심지가
굳어서 학업을
크게 이루기
때문이다.

눈썹 사이에서
시작한 능선이
꺼지지 않고
쭉 내려오는 듯한
기운이 있어야
한다.

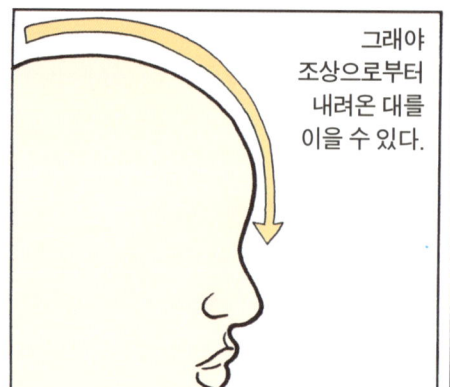

그래야 조상으로부터 내려온 대를 이을 수 있다.

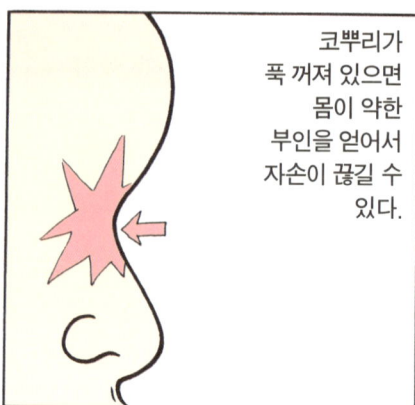

코뿌리가 푹 꺼져 있으면 몸이 약한 부인을 얻어서 자손이 끊길 수 있다.

좋은 코뿌리는 튼튼한 부인을 얻어서 많은 자손을 둔다.

코뿌리가 직선으로 내려온 코가 기억나요.

정말? 어디서 봤어? 그런 사람은 어마어마한 거부야!

학창시절 미술 시간에 그렸던 석고.

아그리파.
이마와 코뿌리가 일자면
물소 뿔을
얹어놓은 듯한 코다.
복서비(伏犀鼻),
크나큰 거부다.
동양 사람은
이런 코가 없다.

코의 능선이
살아 있더라도
폭이 좁으면
밭을 일굴
땅이 없다.

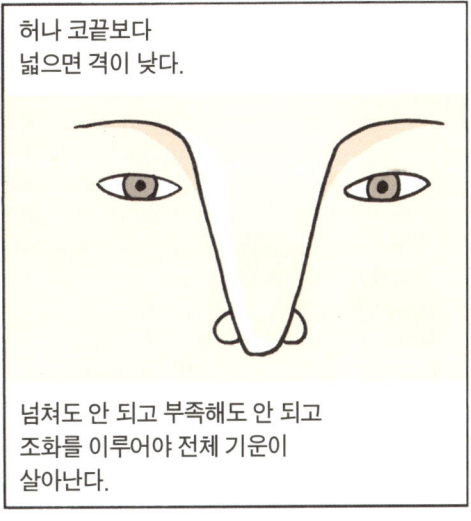

허나 코끝보다
넓으면 격이 낮다.

넘쳐도 안 되고 부족해도 안 되고
조화를 이루어야 전체 기운이
살아난다.

아내 꼴이 넉넉하면 남편 꼴을 돕는다

마누라가 육개장 한솥 끓여 놓고 외출하면 불안하다.

돌아오지 않을까봐.

이사할 때면 먼저 조수석에 앉아 있다.

버리고 갈까봐.

24이사

인생은 돌고 도는 거야. 남성이 세졌다가 여성이 세졌다가 번갈아 가면서 역전돼.

어렸을 때는 남자아이가 여자아이에게 꼼짝 못한다. 여자가 성장이 빠르다.

돈 가진 것 내놔 봐.

제발 이러지 마. 무저버.

7성클럽

7성클럽

여성이 제 꼴을 갖추는 나이는 3×7=21세, 여성은 7세 기준이다.

그리고 여성은 7×7=49세에
폐경이 온다.

남성은 8세 기준이다.
3×8=24세 때
제 꼴을 갖춘다.

남자는 성장이 늦는 반면
오랫동안 젊음을 누리고
8×8=64세에
정력이 떨어진다.

그러나
여성이 남성보다
오래 살지?

예.
성장과 폐경이
빨리 왔는데도…
왜죠?

여성은 음이고 물이다.
생명의 근본은 물이니까
여성이 오래 산다.

물고기가 물 없이
사는 것 봤어?

남성은 양이요
나무다.

나무를 살리는 건
물이다.

나!

좀 시원하게
줘 봐.

옛날에 나한테
잘못한 것 생각해 봐.
이만큼 주는 것도
크게 베푸는 거라고!

남성은 여성 하기 나름이다.
남성은 여성을 잘 만나야
쇠고기 국을 얻어먹을 수 있다.

늙어 대접 받으려거든
평소에 잘 하라.

식사
하십시오.

남성의 꼴이 부족하더라도
배우자의 꼴이 넉넉하면
도움을 받는다.

여성은 살이 있어야
복이 있다.
복이 많으면
재물은 보너스로
그냥 들어온다.
뼈가 앙상한 여성은
재물이 머물 기본 조건인
흙이 없는 것이다.

재물이냐,
S라인이냐,
고민이네.

부인을 괴롭히는 눈꼬리

눈꼬리에
주름살이 많으면

주름살의 살은
'죽일 살(殺)'이다!

그럼
부인이 죽나요?

북북

그런
의미라기보다
부인을
괴롭힌다는
의미야.

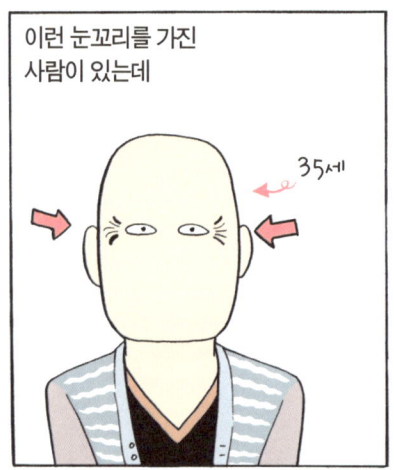

이런 눈꼬리를 가진
사람이 있는데

35세

마누라를 두고
유부녀를 꾀어
같이 산다.

엄마,
저 아저씨
누구야?

내가 아는
야구 감독이 있는데요.
눈 옆에 깊은 주름이
많거든요.

유백만
전 MBC청룡
프로 야구 감독

이 주름은
많이 웃어서
나중에
생긴 건데 뭘…

초년부터
생긴 걸
말하는 거지.

'생긴 대로 논다'

만고의 철학이요,
불변의 진리다!

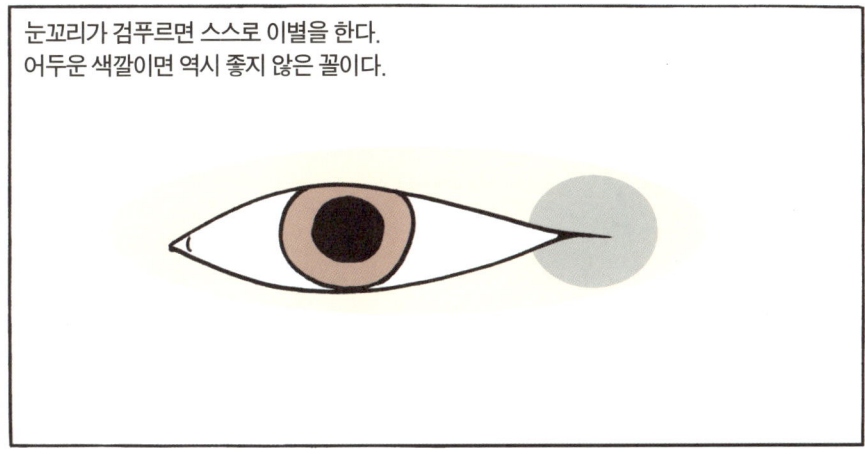

눈꼬리가 검푸르면 스스로 이별을 한다.
어두운 색깔이면 역시 좋지 않은 꼴이다.

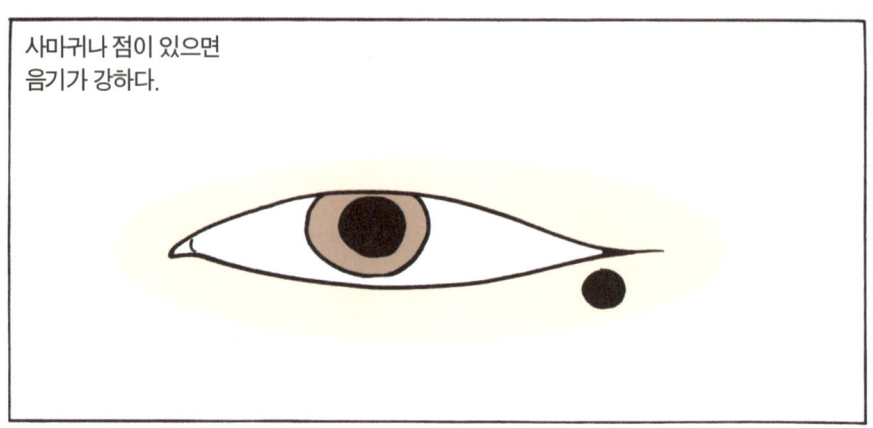

사마귀나 점이 있으면
음기가 강하다.

치마만 보면
그냥 못 지나간다.

까아악!

나도…

그럼 점을
빼내버려야
겠네요.

원래 체질을
놔두고
껍질만 바꾼다고
음욕이 사라질까?

눈꼬리가 색깔이 밝고 반짝이고
주름살, 점, 사마귀가 없으면
마누라 덕으로 재물이
가득하다.

여보,
이거
벌어왔어.

고마워요.
이것만 채우면
열 개째예요.

이게 전부 남성들 눈꼬리 얘기잖아요.

꼴 책을 보면 남성 얘기 백 마디 할 때 여성 얘기는 한 마디밖에 안 해요.

남성을 중시하고 여성을 경시한 탓이야. 중국 책이거든. 중국 영향을 받은 우리나라도 마찬가지였고…

하지만 요즘 달라졌어.

맞고 사는 남편들이 많대잖아. 옛날에 하도 당해서 복수하는 거야

그 상처는…

문에 부딪힌 거야.

공처가의 조건

눈 아래가 일(一)자면
성격이 똑 부러진다.

여성의 경우는
외롭고 팔자가 세다.

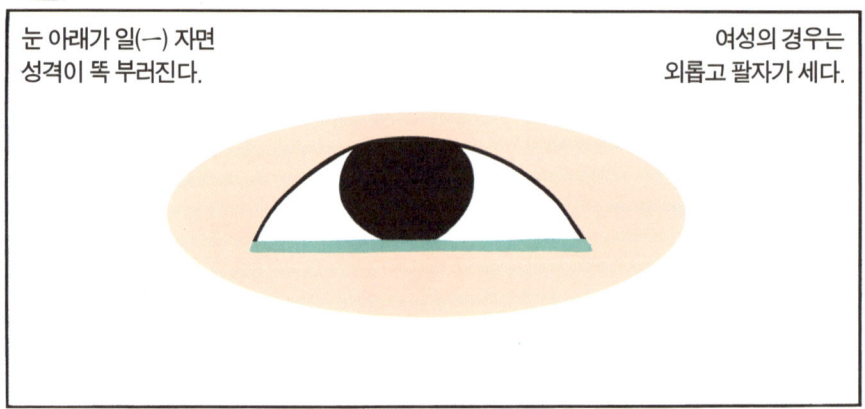

눈 아랫두덩이 두툼하고
색이 맑으면 좋은 자손을 둔다.

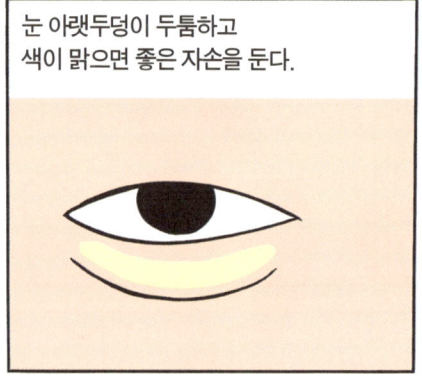

눈 아랫두덩에 어지러운 주름이 있으면
딸만 많다.

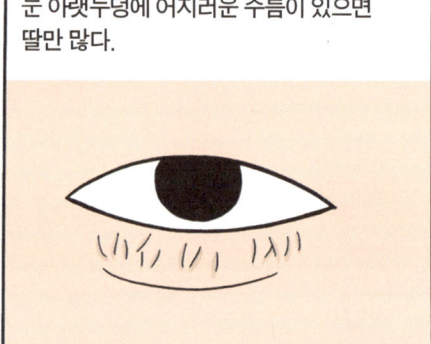

눈 아랫두덩이 깨끗하지 못하고
흐물거리고 색깔이 나쁘면
음기가 넘치니 탄식이 절로 나온다.

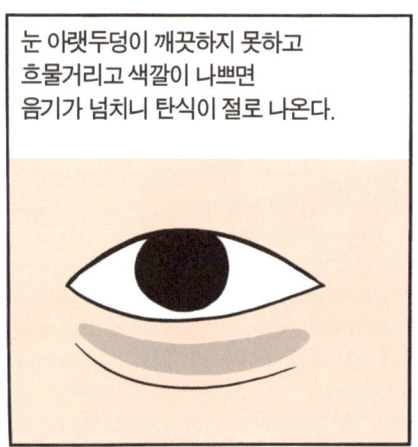

이런 눈의 여성은
섹스 인심이 좋다.

이 동네
남자들
다 내거!

옛날 궁중에는 전문가들이 많았다.
꿀 전문가, 의사, 요리사,
의상 디자이너 등등.

임금의 건강을 챙기고
천기를 보고
농사의 풍흉을 내다봤다.

올해는
콩을 많이
심으시죠.

후궁은 관상을 보고
간택했다.

얘는
어떻느냐?

안 됩니다.
이 아이는 한 번에 끝나지 않습니다.
열 번도 만족할 줄 모릅니다.
옥체에 무리가 생기십니다.

오른쪽 눈이 큰 여성은
남성을 깔고 앉는다.

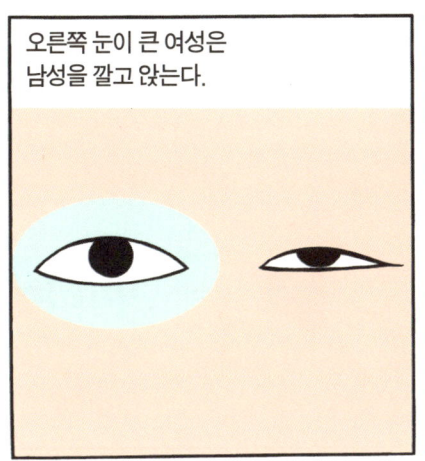

왼쪽 눈이 큰 여성은
남자를 경계한다.

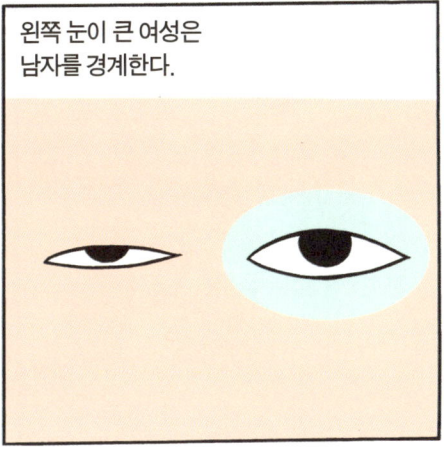

남성의 오른쪽 눈이 크면
공처가,

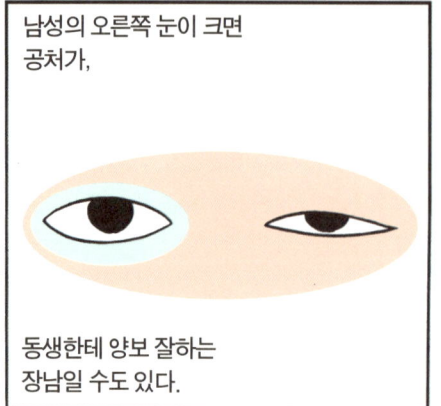

동생한테 양보 잘하는
장남일 수도 있다.

남성의 왼쪽 눈이 큰 것은
아무 상관 없다.

위 얘기는 백발백중이야.
단, 양 눈의 크기가
뚜렷하게 차이날 때의
얘기지.

재미
있어요.

이 인간
눈이
궁금해.

여성은 오른쪽이
근본이고
남성은 왼쪽이
근본이다.

왼팔이 센 남성은 대단한 힘을 가진
사람이다. 그래서 왼쪽 눈이 작아서
힘을 못 쓰면 분명
공처가다.

오른팔이 센 여성은 남성을 누를 정도의 힘을 가졌다.

저는 남자가 못 따는 병마개도 오른손으로 따요.

우와!

그래서 오른쪽 눈이 큰 여성은 남편을 겁내지 않는다.

借力

Hell's Health

왼쪽 눈이 작은 남성은 자신보다 센 여성을 만나서 스스로 공처가의 길로 들어선다.

영원히 변치 않는 사랑으로 모시겠어요.

쌍꺼풀이 한쪽 눈에만 있으면요?

아이고, 또 늦었다.

그건 아무 상관 없어.

영특한 자녀를 둔다

눈 밑 두덩으로
남녀궁 즉, 자녀궁을 본다.

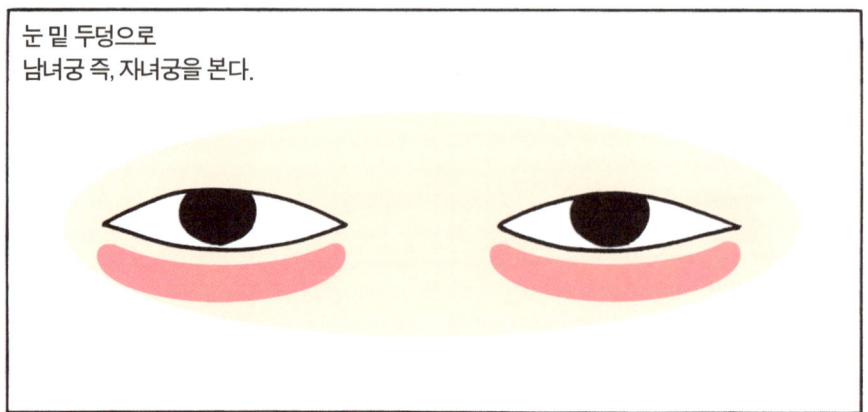

콩팥의 호르몬이
풍부하면
눈 밑 두덩이
도톰해진다고
한다.

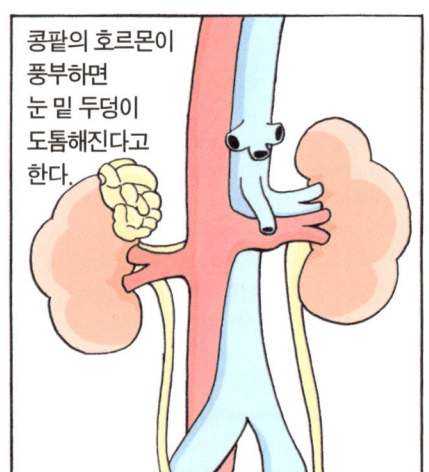

도톰한 눈 밑 두덩은
부부 사이가 좋고,
영특한 아들을 낳는다.

영특한 딸 얘기는
없어요?

말을 바꿀게.
'영특한 자녀를 둔다'
이제 됐지?

옛날 책으로
공부하는데
그런 걸 꼭 걸고
넘어가야 해?

남녀궁이 두툼한 사람이 정력이 세다고 들었어요.

관계가 있지.

눈 밑 두덩이 푹 꺼져 있고 거칠거칠하면 콩팥 기운이 엉망이니 부인을 놓칠 수 있다.

눈 밑 두덩은 일명 눈물샘이다. 자식 때문에 피눈물을 흘릴 수 있다.

으허어!

여성의 눈 밑 두덩이 꺼져 있으면 아들을 두기 어렵고 자녀가 생겨도 영특하지 못해.

어머나. 튀어나오면 안 예쁘다고 수술한다던데…

눈 밑 두덩이 잘생긴 여성은
영특하고 귀한 아들을 낳는다.

보리

이한진

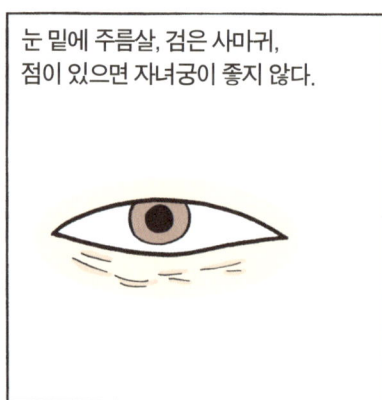

눈 밑에 주름살, 검은 사마귀,
점이 있으면 자녀궁이 좋지 않다.

자식을 먼저
보내기도 한다.

불효 중의 불효.
애비보다 먼저 간
아들…

검고 메말라도
자녀궁이 엉망이다.

자녀궁이 부부 중 한 사람만
좋아도 문제는 없다.

고마워
여보.

아들 못 본다고 영감님이
밖에서 씨받이를 해도
눈 밑 두덩이 나쁘면
아들 구경을 못한다.

악!
딸 일곱인데
또 딸 셋을!

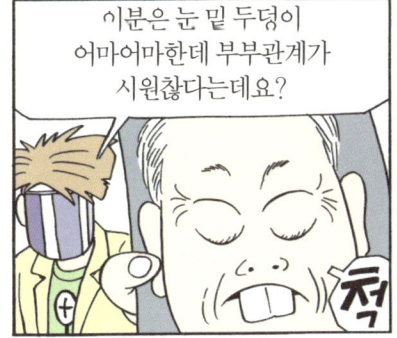

이분은 눈 밑 두덩이
어마어마한데 부부관계가
시원찮다는데요?

척

이건
늙어서
처진 거야!

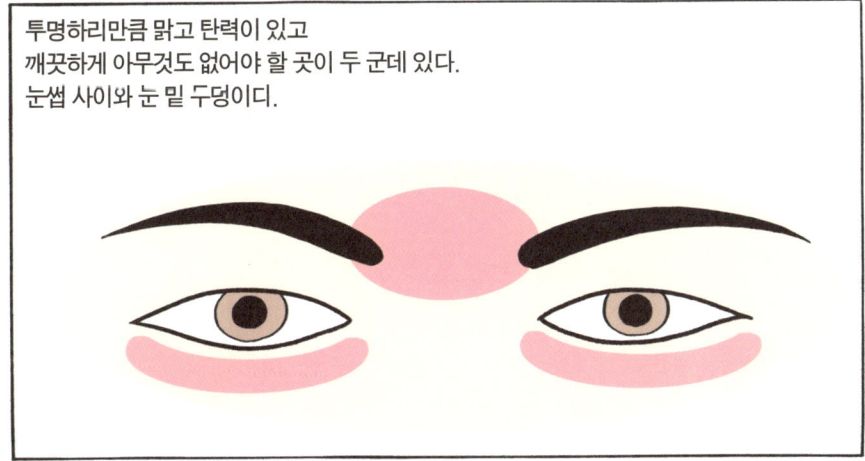

투명하리만큼 맑고 탄력이 있고
깨끗하게 아무것도 없어야 할 곳이 두 군데 있다.
눈썹 사이와 눈 밑 두덩이디.

고독한 여성

나 멋있죠?

몸도 이 정도고요.

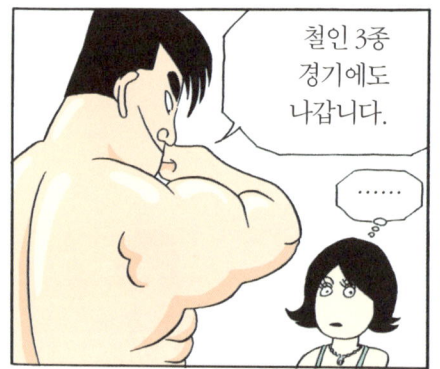

철인 3종 경기에도 나갑니다.

……

옷은 왜 벗어요?

푹

여자들은 내 곁에 오지 못해서 안달인데 저 여자는…

그 정도인 줄 몰랐네.

입술에 주름이 없고
번들거리면 고독하다.
웬만한 남자를 만나서는
마음이 움직이지 않는다.
열정이 없고
냉랭하다.
섹스에 약하다.

물은 만물의 근본이다.
주름이 없으니
샛강이 없는 꼴이다.
물이 적으니
자손을 많이 두지
못한다.

얼마나
더 가아 돼?

이제
다 왔어요.

저기!

모두 댁의
아이들인가요?

예.

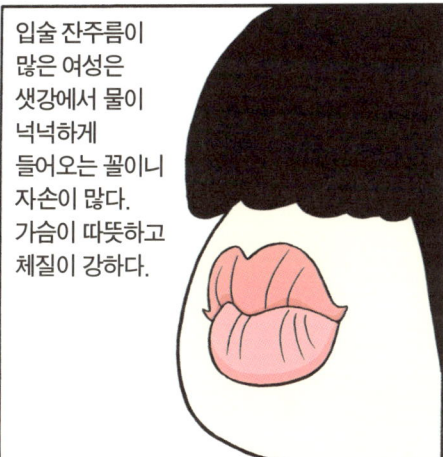

입술 잔주름이
많은 여성은
샛강에서 물이
넉넉하게
들어오는 꼴이니
자손이 많다.
가슴이 따뜻하고
체질이 강하다.

섹스에 적극적이다.
멋있는 남성을 만나면
마음을 움직인다.

그래?

깡

어디다
한눈 팔아!

안젤리나 졸리
입술이다.

노년까지
행복하게

말년의 운세

턱은 말년 운을 본다고 했죠?

그렇지.

한번 봐주세요.

마군을? 봐주지! 봐주고 말고!

덜컥

!!!

제가 아니고 이분…

한진그룹 조중훈 회장.

몇 년 전에 돌아가셨죠.

덜컥

조 회장의 이마는 넓지 않아 보여서 초년에는 미8군 폐차를 파는 등 고생을 많이 했죠.

이마는 하늘인데 하늘이 좁으니 초년에 불우했던 거죠.

봐달라더니 혼자 문제내고 답하고 다 하는구나.

그… 그게 아니고 이 사람 말년 운이 왜 좋았나 알고 싶었습니다.

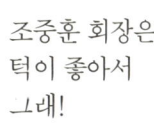

조중훈 회장은 턱이 좋아서 그래!

턱은 넓고 높아야 제 몫을 하는 것이야.

높다는 의미는?

앞으로 약간 튀어나오는 것을 말하지.

낮다는 것은 뒤로 들어간 것을 말하고

그럼 주걱턱이 좋다는 것이 맞는 말입니까?

주걱턱으로 돈을 마구 긁어오니까.

꼴은 조화랬지?

너무 튀어나오면 좋지 않고 적당히 나와야지.

넓다는 것도
턱의 면적이
한정돼 있어서
무한정으로
넓을 수 없다.

얼굴이
이럴 수 없지?

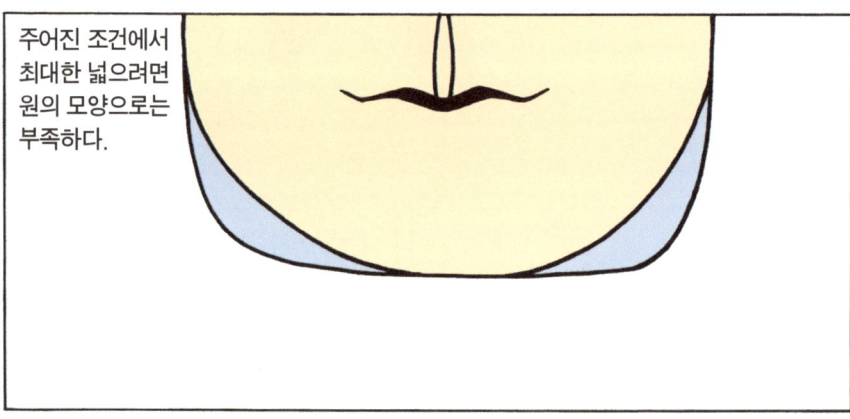

주어진 조건에서
최대한 넓으려면
원의 모양으로는
부족하다.

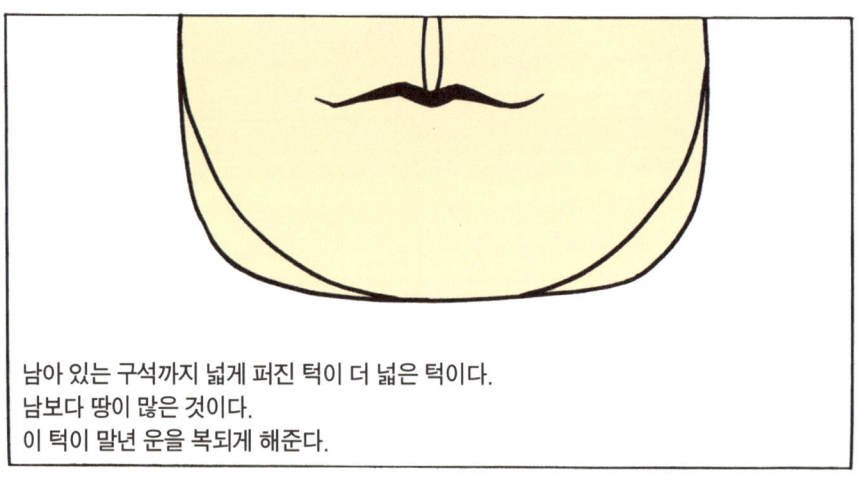

남아 있는 구석까지 넓게 퍼진 턱이 더 넓은 턱이다.
남보다 땅이 많은 것이다.
이 턱이 말년 운을 복되게 해준다.

턱이 잘생겨도
코가 작으니까
재복이 없던데요.

당연하지.

얼굴에 있는 다섯 개의 산 중
으뜸이 코인데, 코가 나 자신인데,
당당히 주인 행세를 못 하니
무슨 복을 챙기겠나.

모두 주인이고 모두 잘났으면
결국은 모두가 고만고만한 것이다.
우두머리가 없는 것이다.

그러니 턱도 중요하지만
코가 더욱 좋아야
집안 꼴이 선다.

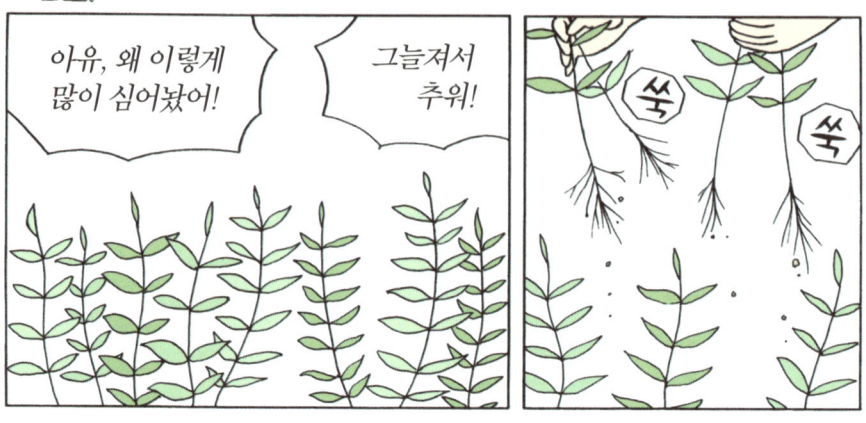

털 사이에 피부가 보이면 학자요,
털 사이가 빽빽하면
육모 방망이를 쓰는
나졸이다.

하나를 가르치면
열을 아는구나.

옆의 학생은
미적분을
공부하는데,
쯧쯧.

???

1 + 1 = ?

털은 에너지다.

1번 학생
들어봐.

끙.

2번 학생
들어봐.

번쩍

깐 놈!

힘 좋은 털북숭이는
전방을 지키고
힘없는 안 털북숭이는
후방을 지킨다.

여성의 머리털이 길게
자라지 않으면 자라다 만
수양버들가지다.
긴 가지 사이에서
제 몫을 하지 못한다.
보통 1m는 길어야
한다.

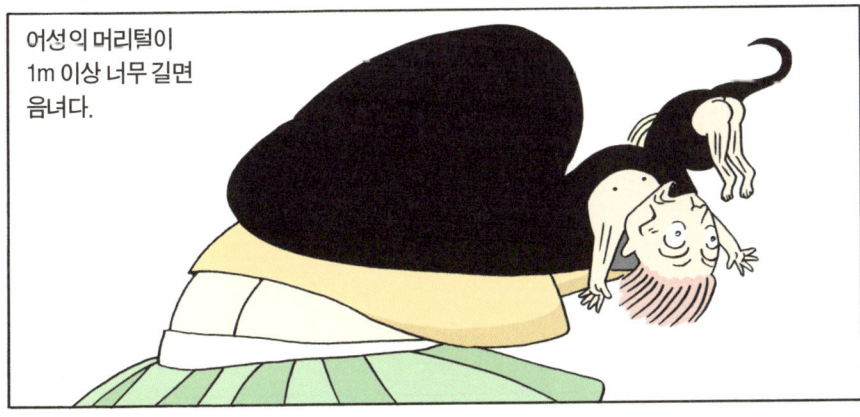

어성의 머리털이
1m 이상 너무 길면
음녀다.

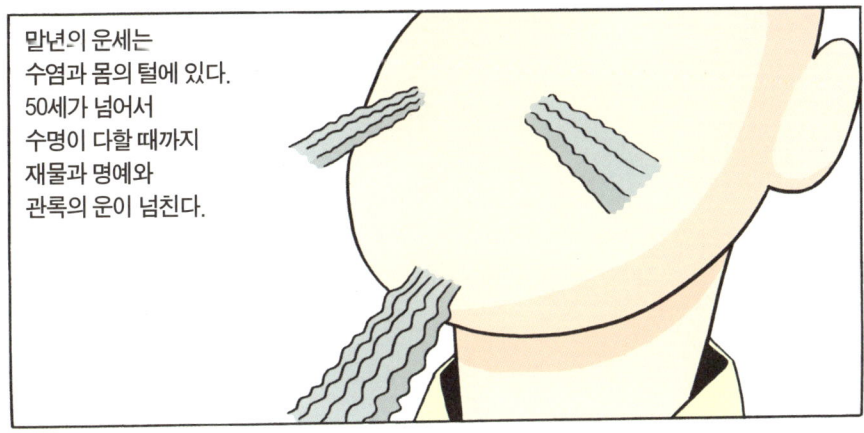

말년의 운세는
수염과 몸의 털에 있다.
50세가 넘어서
수명이 다할 때까지
재물과 명예와
관록의 운이 넘친다.

제비턱은 많은 식구를 먹여 살린다

외줄낚시보다는

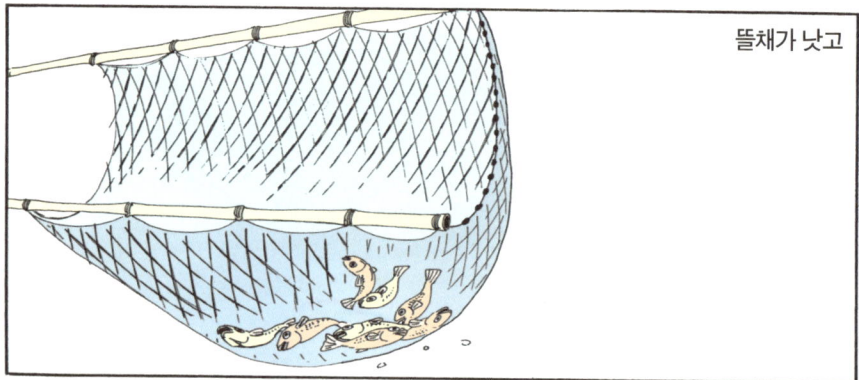

뜰채가 낫고

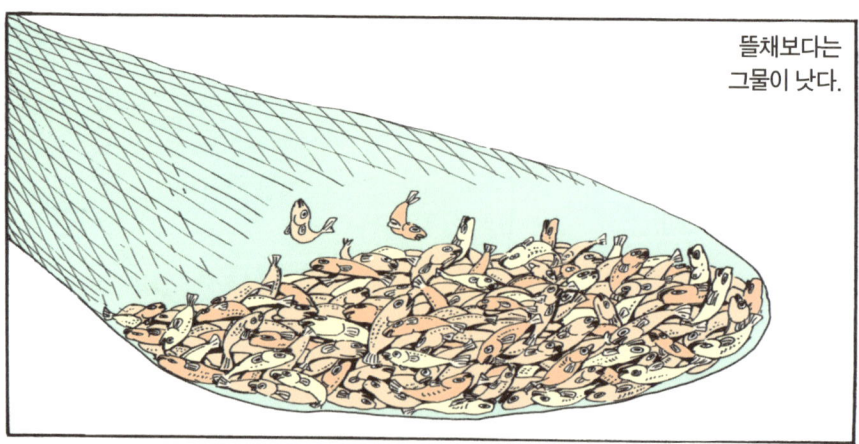

뜰채보다는
그물이 낫다.

제비는
새끼가
많다.

입이 많으니까
먹이를 많이 잡아야 한다.

그래서 제비는
턱이 넓다.

넓은 턱을 쩍 벌리고
허공의 곤충을 그물질한다.

새끼가 많으니
턱이 넓고
턱이 넓으니
새끼를 많이
키울 수 있다.

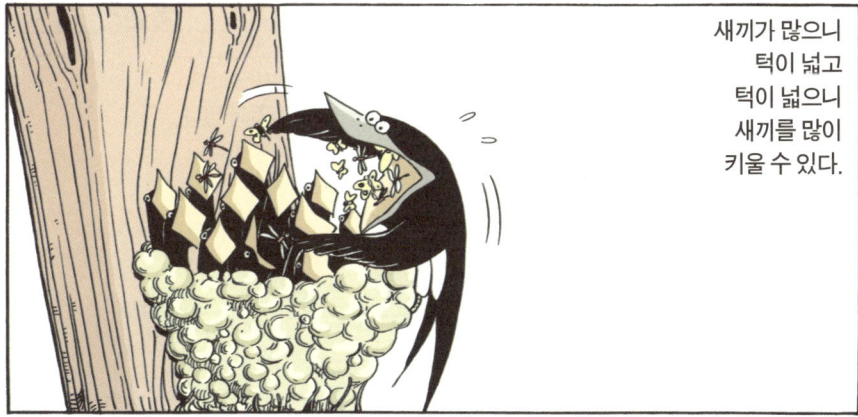

제비 입을 내 입에다 비겨?

펠리컨

악어

까불고 있다.

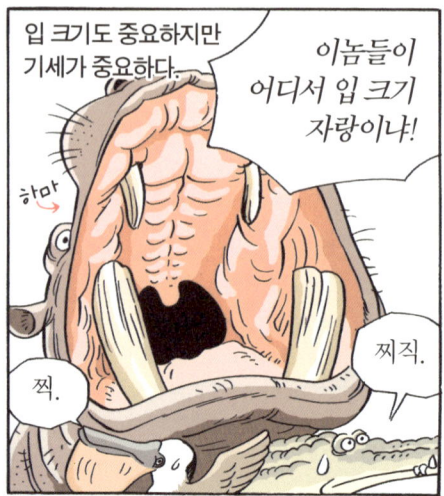

입 크기도 중요하지만 기세가 중요하다.

이놈들이 어디서 입 크기 자랑이냐!

하마

찍.

찌직.

내 턱은 이래서 자식이 하나뿐이야.

풍요롭지 못하다.

제 턱은 보이지 않으니 상상하기 나름입니다. 커졌다 작아졌다, 넓어졌다 좁아졌다.

남을 답답하게 만드는 건 격이 낮은 꼴이야!

턱이 훌륭한 꼴이라도 말년이 어렵고, 오래 살지 못하고 재복이 없는 경우도 허다하다.

밥상의 격을 반찬 하나로 결정할 수 없는 것과 같다.

꼴은
균형과
조화

 ## 한 가지도 잘하는 것이 없다

일류 대학을
나온 이가 있다.

전공을 살려야
하는데

주역 공부를
하겠어요.

엥,
돈 들여
배운 건
써먹지도
않고?

그랬으면 열심히 공부해서
뿌리를 뽑아야 하는데
또 방향을 튼다.

이거 찔끔, 저거 찔끔,
찔끔, 찔끔.
별의별 걸 다 배운다.

반년쯤 있다가 또
전화가 왔다.

선생님이
경옥고를 잘
만드시잖아요?

응. 그게
필요한가?

아무래도
건강 약품이 승부가 빠르겠어요.
경옥고 만드는 법 좀 가르쳐 주세요.

!

지금도 뭔가
배우고 있을 거야.

이걸 배우면서 저걸 생각한다.
한 가지에 집중하지 못한다.

꽝

한 가지도
잘하는 게 없어!

그분 꼴이
궁금해요.

가만…
여기 사진이
있었는데…

척

척 봐도 불균형한
얼굴이라는 걸
알겠지?

세 마당이
균등하지 않지?

이마가
무척 높아요.

이마는 좋아서
부모 잘 만나 대학 졸업하고
장가까지 갔지만
이마가 너무 높아서
정작 본인은 아무 능력이 없다.
세 마당이 고르지 못하면
일생 파란만장하다.

너무 강한 기운은 사람을 밀어낸다

지영 씨, 빨리 안 나오고 뭐해!

선생님, 그게 정말 인가요?

그렇소. 이미 한 번 결혼한 사람입니다.

세상에! 그러면서 나한테 뻔뻔스레 거짓말을 하다니!

신랑감이 협기가 있죠? 불의를 보면 못 참죠?

예. 의리도 많아요. 그래서 제가 반했어요.

전에 사귀던 여자 얘기도 솔직하게 했어요.

그 여자가 부인이었을 거요.

어머나!

서로 좋아해도 그 남자는 여자를 자꾸 밀쳐 내요.

남자의 강한 기운이
부인을 쫓아 버린단 말예요.
그러니 여자가 붙어 있겠어?
가 버리지.

강한 기운!
정력이 그렇게
세단 말인가요?

그런 기운이 아니라
속에서 뻗쳐 나오는
기운.

죽도록 사랑했던 여인이었다면
뭐겠어요? 마누라지.
결혼 안 했어도 그런 여인은
애인이 아니라 마누라예요.

결혼해 놓고
초혼이라고
거짓말하지는
않았을 거예요.

그건
믿어요.

무엇을 보고
아셨어요?

눈!

쭉 찢어진 눈은
기운이 강하다.
연애를 해도
서로 안달복달
하다가 끝난다.
강한 기운이
상대의 접근을
막기 때문이다.

선생님, 신랑감을
놓치기는 싫고….
어떡하죠?

37, 38세를
넘겨서 결혼하면
그 기운을
널 받아요.

그이 지금
40이에요!

상혁 씨,
기다려요!

복채 주고
가야지!

 ## 너무 맑으면 외롭고 가난하다

눈썹이 맑고
눈이 수려하면
지극히 격이 높다.

그러나 누가 알리오.
그 빼어난 눈썹에
오점이 있을 수
있다는 것을…

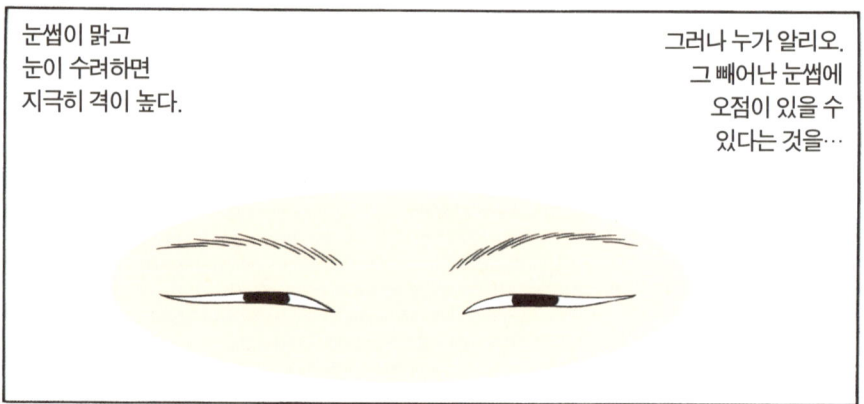

눈썹이 어느 정도 맑아야지
너무 맑으면 외롭다. 차다.

한밤에 초승달을 보라.
빼어나게 아름답지만
서늘한 기운이 서린다.

너무 맑으니
혼탁한 세상이
불만이다.

거짓말을 입에 달고
사는 정치인들이
어쩌고…

뇌물을 줬느니
안 받았느니…

뉴스

일가족 살인하고
훔쳐간 돈이
1만 8천 원…

속세가 싫으니
사람들에게 접근하지 않는다.
결혼을 해도 외롭다.
자손이 없다.

결국 출가해서
중이나 수녀가
되고 만다.

맑은 사람들은
까다로워요.

내가?

맑으니까
요만 한 잘못도
그냥 못 넘어간다.

너 왜 그래?
그러지 마!

맑은 사람들은 흐트러지지 않는다.
잠잘 때도 반듯하다.
집에서 강아지도 못 키운다.

개 털
날리잖아.

우리같이 어느 정도
탁해야 옆에 사람들이
모이지.

그럼요.

사람이 너무 맑으면
가난하다.

청소를 너무
깨끗이 하는 집은
가난하다.

청빈 清貧

 ## 하는 일마다 잘되는 일이 없다

일본의 스모 선수.
'살찔 비(肥)' 의 대표 선수다.

스모 선수는 일본 미혼 여성의
NO.1 결혼 대상이다.

왜?

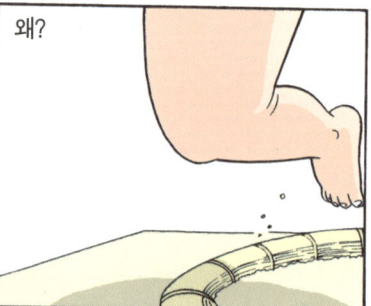

돈은 많이 벌고
수명은 짧으니까.

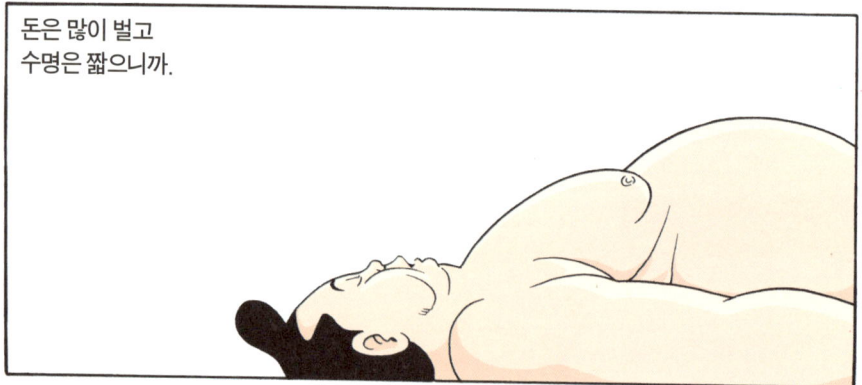

살집의 무게가 너무 과하니까
그 몸을 지탱하느라
기운을 다 써 버려서
오래 살지 못한다.

잘 있어.

자기
멋쟁이!

살은 돈이라고
했지만 지나치면
가라앉아 버린다.

살은
논이랬잖아.
허영만
나쁜 놈!

여기서는
가라앉을 일
없지.

쏴아아

!

!

야,
인마!

하는 일마다
잘되는
일이
없다.

비만은 물이 흘러야 할
물길이 막힌 꼴이다.

살이 처지듯
운도 처진다.

나 갈래!

비(肥)는 안 된다.
후(厚)해야 된다.

厚 두터울 후

물렁살 찐 사람이 살을 빼면 고랑이 뚫린 꼴이니까 운이 돌아옵니까?

돌아오지!

하지만 워낙에 격이 낮으면 살을 뺄 생각도 안 하고 빼려고 해도 빠지지 않아.

잘나가던 연예인이 살을 빼면 인기가 떨어집니까?

그렇지. 복상이 빈상으로 바뀌니까.

인기가 떨어져서 살이 빠진 것 아닐까요?

!

나가!

공부하기 싫으면 신생님을 닮으면 되지.

민자야, 아직 모임 안 끝났지?

인생 풍파가 닥친다

매끈매끈한 비단은
화사하지?

예.

허나 그림이 없으면
밋밋해.

비단에
그림이 있으면
훨씬 아름답다.

금상첨화다.
비단 금, 위 상,
더할 첨, 꽃 화,
비단 위에
꽃이 있으니
이보다 더
좋을쏘냐.

*금상첨화(錦上添花) : 비단 위에 꽃을 더한다. 좋은 일 위에 더 좋은 일이 더하여짐.

비단 위에 낙서하듯,
되지도 않은
그림이 있으면
비단까지
망친다.

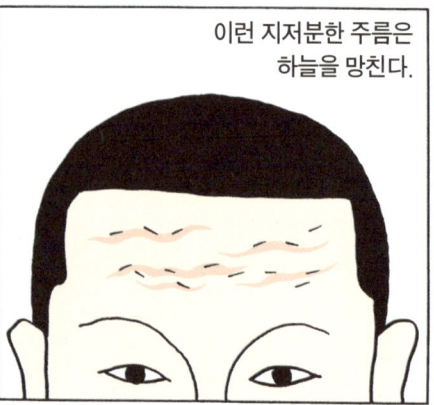

이런 지저분한 주름은
하늘을 망친다.

주름은 강이다.
끊어지면 안 된다.

이마에 주름이 산만하면
인생에 풍파가 많다.

마군,
이제 이마라도
살짝 보여주지,
응?

보여드리면
얼마 주실 건데요?

이마 봐주고
돈도 수고?
내가 그렇게
바보로 보여?

바보가 아닐 줄
알았습니다.
다음 얘기로
넘어가죠.

노무현 전 대통령의
이마 주름은 특이하잖아요.

한 줄이지.
뚜렷하게
한 줄.

그 일자 주름은 깊은 강이다.
청와대 들어가는 데 보탬이 된 것이다.

이마에 끊기지 않고
뚜렷한 주름이 세 줄 있으면 특히 귀하다.
으뜸이다.

하늘과 땅 사이에
사람이 놓인 꼴이다.

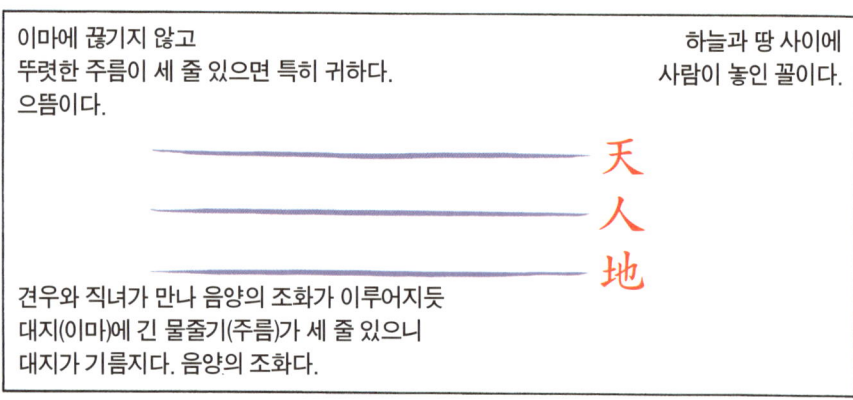

天
人
地

견우와 직녀가 만나 음양의 조화가 이루어지듯
대지(이마)에 긴 물줄기(주름)가 세 줄 있으니
대지가 기름지다. 음양의 조화다.

특히 이런 주름은 백성 위에 우뚝 서는
권세를 누린다.

인생
역전의
꿈

선생님, 성형 얘기를 다시 하죠.

몇 번 했는데?

두 번요.

두 번했다고?

앗!
나…나 말고 친구요.

얼굴의 부족한 곳을 성형해서 조화를 갖췄다면요?

흉한 건 고쳐야지. 보기에도 좋으니까.

낙엽 때문에 딴생각하다가…

때찌 때찌.

퍽 퍽

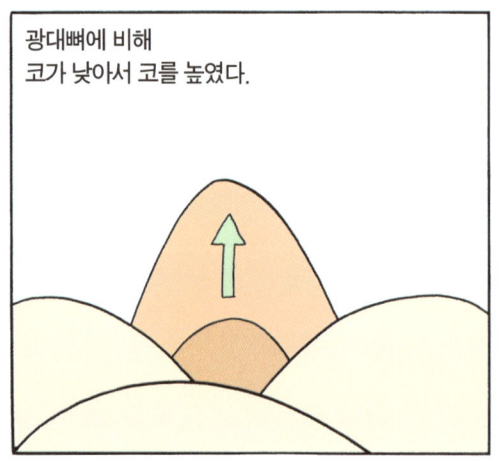

광대뼈에 비해 코가 낮아서 코를 높였다.

그러면?

그러면 뭐? 달라진 게 없는데…

……

이건 합성한 사진이다.
전체 구도는 좋아졌지만
사진을 젖히고
원래의 풍경을 보면
변한 게 없다.

사진은 보기 좋으니
인기가 있을 것이다.

오빠!

오빠!

성형 전

허나 근본은
바뀌지 않는다.

이런 집에
살아?

성형이 나쁠 것은 없다는 것뿐,
없는 복이 생기지는 않는다.

열심히
하겠습니다.

나는
잘생긴 놈 싫어!

얼굴이 부족한 여성이
성형 수술을 해서 확 달라졌다면
시집갈 수 있는 것 아닙니까?
부잣집 며느리도 될 수 있는 것
아니에요? 그러면 상황이
변하는 것 아니에요?

그래서
두 번 했어?

친구
얘기라니까!

콱

시집갈 가능성은 훨씬 높아진다. 그러나 시집간다고 인생 끝나나? 인생은 항상 진행형이다.
그 여성의 복량에 따라 좋은 곳, 나쁜 곳으로 시집을 간다.

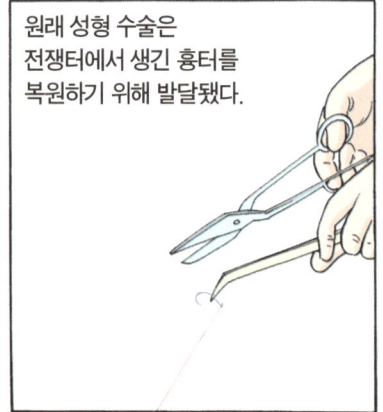

원래 성형 수술은
전쟁터에서 생긴 흉터를
복원하기 위해 발달됐다.

지금도 원래의 목적대로 사용된다.
언청이가 수술을 받으면
얼마나 신나겠는가.

다음엔
쌍커플이여.

장동건은
내꺼.

362

문제는 잘생긴 턱을 송곳 모양으로 깎고
여유 있는 재목을 성냥개비로 만드는 것이 문제다.

너 누구니?

나
문정이.

아빠,
안녕?

예쁜 것들이
더해!

누구?

집 잘못
찾아왔어.

재복을 보는 코가
빈약해서
관상학적인
자문을 받아
부자 코로
수술했다지만
여전히
옹색하다.

저 코는 겁나게
부자라고
나와 있는데…

돈주머니 크다고
돈이 꽉 차지는 않는다.

내 인생은 언제 꽃필까

초반부터 고생 무지했어요.

이것저것 안 해본 일이 없지만 되는 일이 없었지요.

왜 그런 겁니까?

그럴 수밖에 없는 이유가 제 얼굴에 쓰여 있습니까?

눈 때문입니다!

!

선생님의 눈빛은 흐립니다.

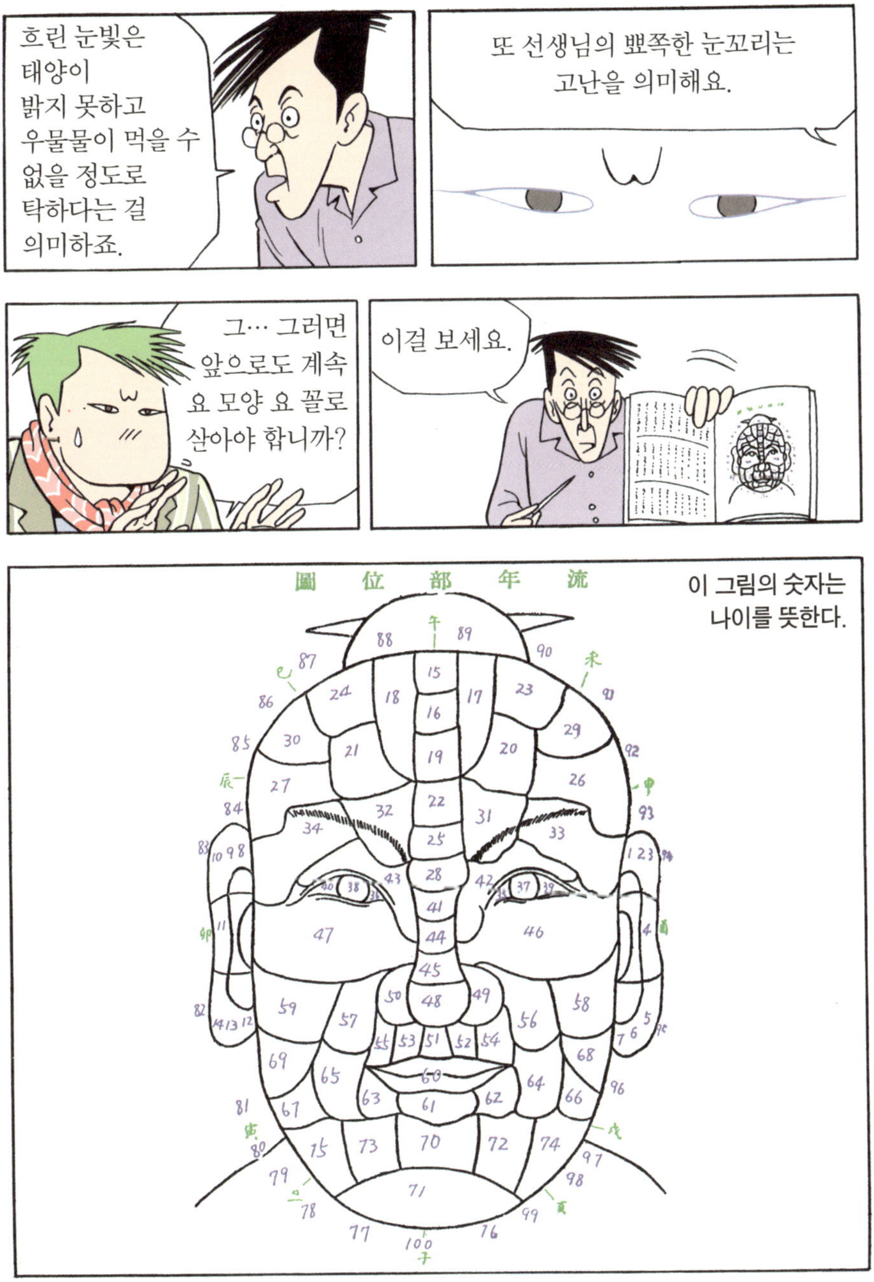

흐린 눈빛은
태양이
밝지 못하고
우물우물 먹을 수
없을 정도로
탁하다는 걸
의미하죠.

또 선생님의 뾰쪽한 눈꼬리는
고난을 의미해요.

그… 그러면
앞으로도 계속
요 모양 요 꼴로
살아야 합니까?

이걸 보세요.

이 그림의 숫자는
나이를 뜻한다.

圖 位 部 年 流

눈 그림을 보면 35세부터 40세까지
6년간 영향을 받는다고 되어 있다.

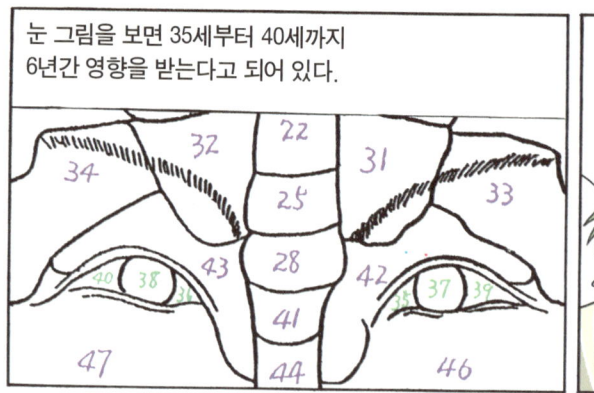

그러면 제 나이가
지금 40이니까
올해만 넘기면
고생 끝입니까?

얼굴 꼴은 평생 동안
영향을 받게 하지만
이 나이 때가 특히
영향을 많이 받는다는
의미입니다.

그…그럼
40이 넘어도
이 지경일까요?

40이 넘으면 선생님의 좋은 코가
복을 가져다주겠어요.

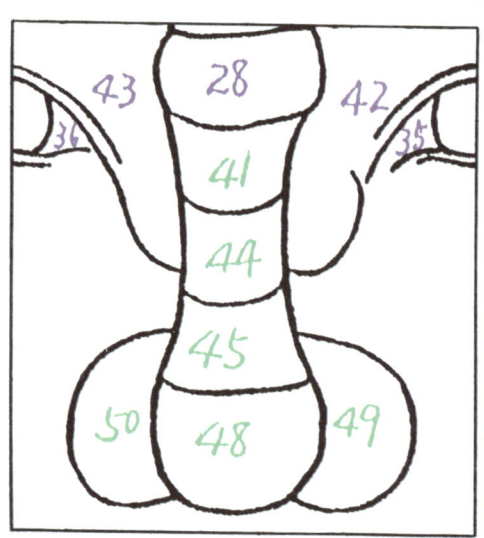

이얍!
올해만
고생하자!

왜 째진 눈이
나쁜가요?

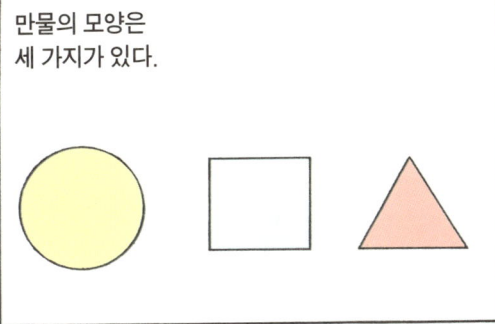

만물의 모양은
세 가지가 있다.

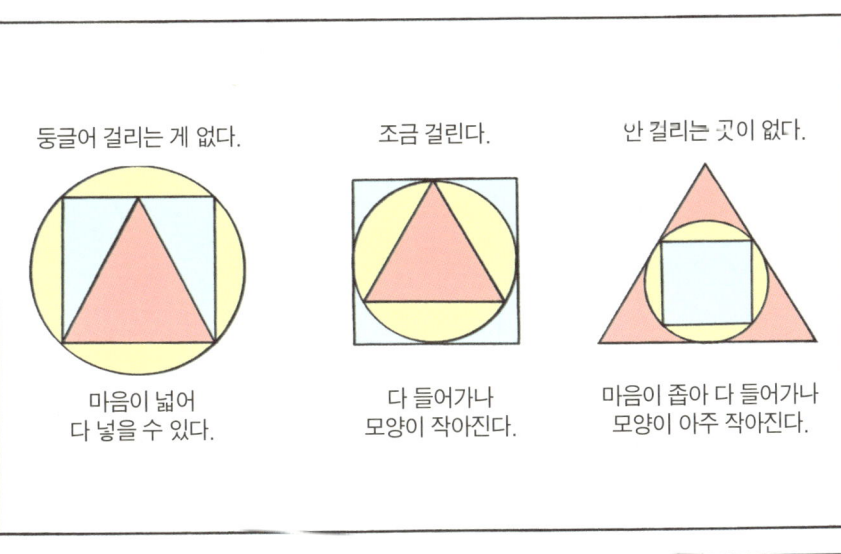

둥글어 걸리는 게 없다.

마음이 넓어
다 넣을 수 있다.

조금 걸린다.

다 들어가나
모양이 작아진다.

안 걸리는 곳이 없다.

마음이 좁아 다 들어가나
모양이 아주 작아진다.

각 모양처럼
작고 걸린다는 것은
인생이 가시밭길이라는
얘기지.

그러면
이런 눈이
제일 좋은 것이네요!

고정란!
또 수업
중단당하고
싶어?

매일 아침 얼굴을 살피라

다음 날

오늘도 별 볼 일 없을 것 같지?

맞아. 더우니까 전부 서울을 떠나버렸어.

저 친구가 갔던 시냇가가 좋다고 했지?

이봐. 같이 가자고.

싫어!

오늘은 어제와 다르다.

좋은 일이 생긴다.

아이고!

!

강영수 사장님 아니십니까?! 저는 총무부에 있던 직원입니다. 어쩌다 이 지경이 되셨어요?

식사나 하러 가시죠.

코끝이 까실까실하고
검은색이면
별 볼 일 없는 날이고

코끝이 밝고
윤기가 반질반질하면
월급쟁이 봉급 받는
날이야.

어제는 내 코 색깔이
안 좋아서 영업을 포기한 거고
오늘은 색깔이 좋아서
앉아 있었더니 짭짤했어.

다음 날

색깔
괜찮네.

고맙습니다
사모님.

괜한 걸 가르쳐줘서
수입이 3분의 1로
줄었다.

눈이 빨가면 직장이 날아간다

여보, 잠시만 항해하면 곧 도착이야.

이제 우린 누구에게도 꿀리지 않는 부자다.

앗!

배가 암초에 걸렸다!

물이 들어온다!

안 돼!

얼굴에 빨간 기운이 돌면
재앙이 온다.

얼굴 어디에 나타나든
집안이 위태롭다.
빨간 기운은
살기(殺氣)이다.

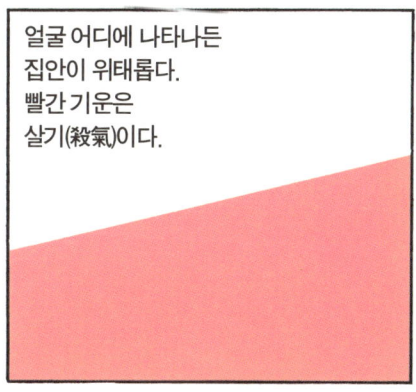

눈이 뻘가먼
직장이 날아간다.

이마가 빨가면
관직에서 쫓겨난다.

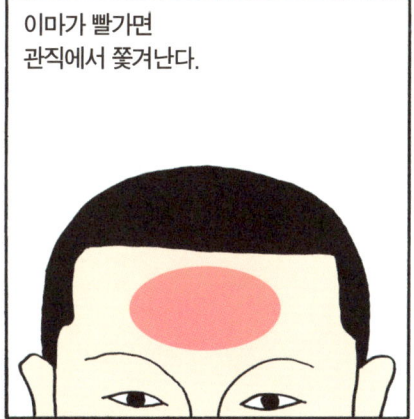

눈썹 사이가 빨가면
권위 상실, 명예 손상,
이길 수 없는 송사가 생긴다.

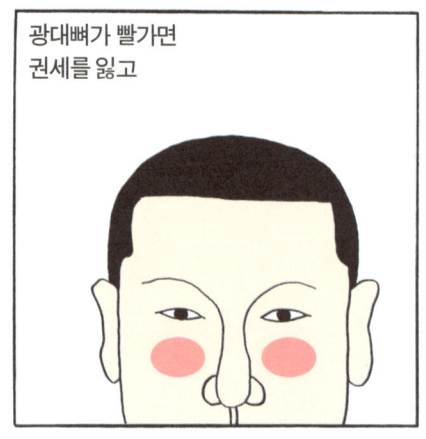

광대뼈가 빨가면
권세를 잃고

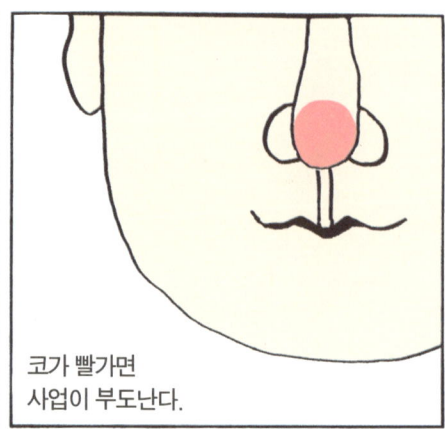

코가 빨가면
사업이 부도난다.

얼굴에 빨간 기운이 돌으면
절대 재앙을 비켜 가지 못한다.
산불처럼 다 태워 버려야
끝이 난다.

모든 기색은
임무를 마치면 사라진다.

직장에서 떨어지고 나면
눈의 핏기가 없어진다.

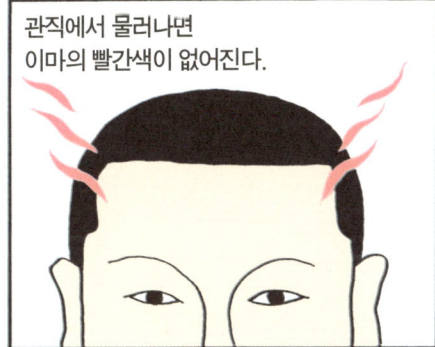

관직에서 물러나면
이마의 빨간색이 없어진다.

나는 앞으로
어떻게 될까?

눈병이 나으면
핏기가 없어진다.

 **나가면 반드시 돌아온다**

기골이 강한 남성이
장가도 못 가고
나이 서른에 죽고 말았다.

그럴 리가!
태산이 무너져도
그 친구는
안 죽을 텐데.

기가 너무 강하면
자신에게 돌아와
해를 끼친다.

자기 살기에
자기가 당한다.

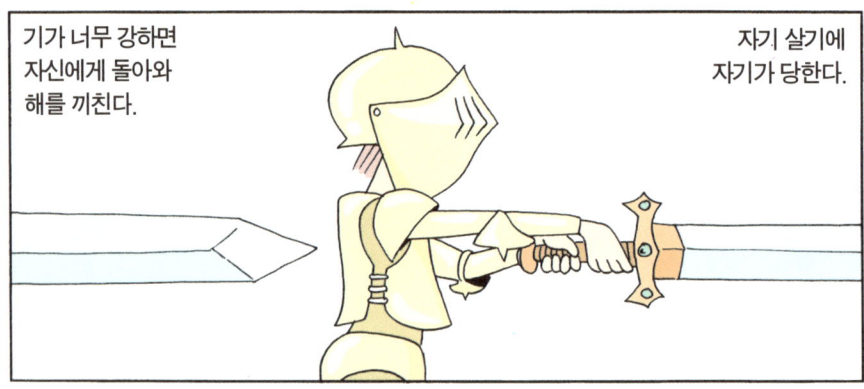

자비심도 마찬가지다.
자비를 베풀면
손해 보는 것 같지만
결국 자신한테 돌아온다.

물이 높은 곳에서
낮은 곳으로
흐르듯이

선행을 하든 악행을 하든
반드시 돌아온다.

덕을 베풀면
복으로 돌아온다.

악을 저지르면
화로 돌아온다.

요즘은 세상이 워낙
빨리 돌아가서
자식 대까지 가지 않고
당대에 영향을 받는다.

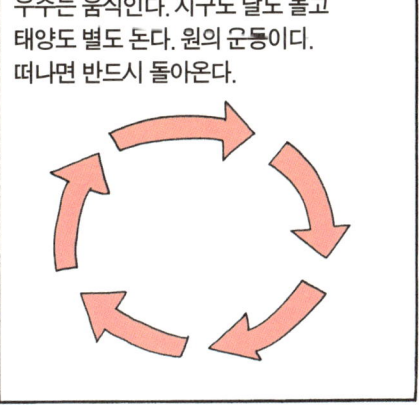

우주는 움직인다. 지구도 달도 돌고
태양도 별도 돈다. 원의 운동이디.
떠나면 반드시 돌아온다.

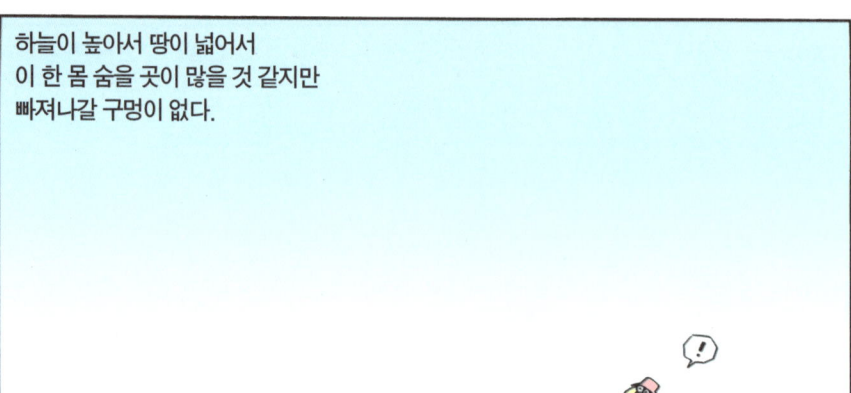

하늘이 높아서 땅이 넓어서
이 한 몸 숨을 곳이 많을 것 같지만
빠져나갈 구멍이 없다.

이런 걸 태어나면서 아는 자가 있고
배워서 아는 자가 있고
아무리 가르쳐도 모르는 자가 있다.

가르쳐도 모르는 자는
똑같은 실수를 반복한다.

학원 강사들이
좋아하는 유형이다.

뭘 모르면 눈앞의 이익에
급급해서 곧 닥칠 재앙을
눈치채지 못한다.

호박씨 심으면 호박 나고
수박씨 심으면 수박 난다.

호박씨도, 수박씨도 심은 적 없으면서
남의 밭을 기웃거린 자의 자손은
똑같은 짓을 반복한다.